10 years

太阳鸟十年精选

王蒙 主编

故乡，是一抹
淡淡的轻愁

辽宁人民出版社

© 王蒙　2017

图书在版编目（CIP）数据

故乡，是一抹淡淡的轻愁 / 王蒙主编. —沈阳：
辽宁人民出版社，2018.1
ISBN 978-7-205-09121-7

Ⅰ. ①故… Ⅱ. ①王… Ⅲ. ①中国文学—当代文
学—作品综合集 Ⅳ. ①I217.1

中国版本图书馆CIP数据核字（2017）第266289号

出版发行：辽宁人民出版社
　　　　　地址：沈阳市和平区十一纬路25号　　邮编：110003
　　　　　电话：024-23284321（邮　购）　024-23284324（发行部）
　　　　　传真：024-23284191（发行部）　024-23284304（办公室）
　　　　　http://www.lnpph.com.cn
印　　刷：朝阳铁路印务有限公司
幅面尺寸：160mm×230mm
印　　张：11.25
字　　数：175千字
出版时间：2018年1月第1版
印刷时间：2018年1月第1次印刷
责任编辑：赵维宁　艾明秋
装帧设计：丁末末
责任校对：常　昊
书　　号：ISBN 978-7-205-09121-7

定　　价：34.00元

总序

PREFACE

　　这套"太阳鸟十年精选"所收录的文章均选自过去十年我为辽宁人民出版社主编的太阳鸟文学年选。太阳鸟文学年选作为每年国内出版的多种文学年选中的一种，已经坚持了近二十年。它说明辽宁人民出版社的这套太阳鸟文学年选具有相当的历史性，表现了辽宁人民出版社编辑们的坚持不懈，这也是年选权威性的一个方面。

　　太阳鸟文学年选近二十年来，纳入其编选范围的文体大致六种，即中篇小说、短篇小说、诗歌、散文、随笔和杂文，这一次编辑将选文的体裁限定在了"美文"，杂文记忆中也只选了三四篇。整套书共十三种，包括《途经生命里的风景》《异乡，这么慢那么美》《故乡，是一抹淡淡的轻愁》《这世上的"目送"之爱》《历史深处有忧伤》《愿陪你在暮色里闲坐，一直到老》《你所有的时光中最温暖的一段》《那个心存梦想的纯真年代》《一生相思为此物》《掩于岁月深处的青葱记忆》《在文学里，我们都是孤独的孩子》《艺术，孤独的绝唱》《那个时代的痛与爱》，除《那个时代的痛与爱》主题相对分散，其他内容包括国内国外、故乡亲人、历史人物、童年校园、怀人状物、读书谈艺，可以说涵盖了人生的方方面面，可供阅读群体广泛。集中国十年美文创作于一书，这个书系的作者也涵盖了中国当代文学写作，尤其是散文写作的大量作家，杨绛、史铁生、袁鹰、余光中、梁衡、王巨才、王充闾、周涛、陈四益、肖复兴、李辉、王剑冰、祝勇、张晓枫、刘亮程、毛尖、李舫、宗璞、蒋子龙、陈建功、李国文、刘心武、李存葆、陈世旭、梁晓声、陈忠实、贾平凹、铁凝、张承志、张炜、余华、韩少功、王安忆、苏童、周大新、格非、迟子建、刘醒龙、刘庆邦、池莉、范小青、叶兆言、阿来、刘震云、赵玫、麦家、徐坤等。还有黄永玉、范曾、韩美林、谢冕、雷达、阎纲、孙绍振、温儒敏、南帆、陈平原、孙郁、李敬泽、闫晶明、彭程、刘琼等艺术家和评论家。他们的阵容，令人想起改革开放以来中国当代文学的版图。

为了"优中选优"，我重新翻阅了近十年的太阳鸟文学年选散文卷和随笔卷，并生出一些感慨。文学应该予人以美，包括语言之美、结构之美、韵律之美，更包括思想之美、情感之美、叙事之美，言之有思，言之有情，言之有恍若天成的启示与灵性。美好的东西总是让人念念不忘，文章也是如此。重读这些当年选过的文章，依然让人或心潮澎湃，或黯然神伤，或感同身受，或心向往之，一句话，也就是我最入迷的文学品性：令人感动。

大概十年前，为了继承和发扬赵家璧先生在良友图书公司主持"中国新文学大系"的传统，我曾为出版社主编过"中国新文学大系"第五辑，我在序言中曾说，文学是我们的最生动、最刻骨铭心的记忆，是我们的"心灵史"。我希望这套选本，也能不辜负读者与历史的期待。

王蒙

2017年9月

目录

CONTENTS

迟子建　白雪红灯的年　……001

徐　坤　沈阳的美丽与哀愁　……005

苏　童　八百米的故乡　……008

周大新　活在豫鄂交界处　……018

尧山壁　乡间百工　……027

李　娟　阿勒泰的角落·羊道　……054

刘醒龙　钢构的故乡　……069

耿　立　谁的故乡不沉沦　……073

吴佳骏　河岸上游荡的生灵　……083

刘上洋　江西老表　……093

凸　凹　夏夜风清　……113

李存葆   乡村燕事 (外一篇) …… 130

迟子建   谁能让我带走星空 …… 138

筱 敏   告别老家 …… 142

梅 洁   迁徙的故乡 …… 151

潘向黎   泉州，泉州 …… 165

白雪红灯的年

迟子建

———————

　　除夕的清晨，我被零星的爆竹声扰醒。撩开窗帘，见山色清幽，太阳还没出，于是又钻回被窝，睡到八点多。再次被接二连三的爆竹声唤醒时，霞光已经把兴安岭的一道道雪线映红了。看来老天也知道过年了，特意让霞光化作春联，贴在山间。想必老天贴的春联，是用云彩做的砚台，用银河之水做的墨汁，用彩虹做的笔管，所以这不凡的春联看上去明丽脱俗，充满了朝气。

　　吃过早饭，我也给家门贴上春联和福字。那副烫金的大红春联，看上去就像两行飞向天空的金丝雀，给人喜气洋洋的感觉。而门中央的福字，真的像丁亥年的一头小金猪，肥嘟嘟的，讨人喜欢。

　　我喜欢大自然的红色，如朝霞晚霞、玫瑰百合。可对针织品的红色，我热爱不起来。我不喜欢红色的床盖、窗帘和衣服，见了它们，眼睛会疼。前年春节回家，妈妈给我的卧室挂上了一幅红地儿黄花儿的新窗帘，我感觉窗前就像飘着两朵乌云，说不出的压抑。结果，当夜就把米色的窗帘换回去，这才心臆舒畅，安然入梦。二十五岁前，我还穿过几件红衣服，戴过红帽子。可是近二十年来，红色的衣服在我的衣橱中几乎绝迹了。我钟爱黑白、灰色和咖啡色。每年除夕，家人大红大紫地装扮自己的时候，我依然素衣素服，最多穿上一双红袜子。结婚的时候，我打了一件红色毛线开衫。可婚礼一过，就把它压在箱底了。我的一个朋友说，我命运的变故与爱穿黑白色的衣服有关，这说法着实把我吓着了。如果那样的衣服真的是生活的下下签，我为什么要屡屡抽它们呢？于是，我尝试着改变颜色，将眼界放在水粉和橘黄上。可对于红色，我还是有些犹疑和畏惧。就连我妈妈和姐姐看我穿了红衣服后，也会摇着头说：不好看，不好看！

今年元旦过后，我逛商场的时候，看到了一件枣红色的羊绒开衫。它软软的，茸茸的，搭在衣架上，看上去懒洋洋的，很有点邻家女孩的味道，让人觉得亲切。它的红是收敛的红，红得有分寸，有气质，不张扬，不造作，我动心了。但因为它是红色的，还是心存着警惕，从它身边走开。回家后，我的眼前老是晃动着那件红衫，它像一团火在我心中燃烧，于是，隔了几天，把它买回，即刻穿在身上。站在镜子面前，觉得自己身披霞光，便没舍得脱下，一路穿进年关。如今，它陪伴着我，给家门贴上了大红的春联；又在阳台结了霜雪的窗前，挂上了大红的灯笼。

家中有了春联和灯笼，如同有了门神和天使的眼睛，关上这样的门时，虽然知道家中无人，可却觉得屋子里是有呼吸和脚步声的。

我锁上自家的门，下楼，去弟弟家。每年除夕，母亲都会在他那里。母亲在哪儿，哪儿便是年。

这样的雪路我已经不知走了多少遍了。

从我家到弟弟家，是由城东到城西。塔河是个小城，腊月时，人们都在忙年，采买物品，街上是热闹的。到了除夕，年是瓜熟蒂落了，街市中就少见行人车辆了。我沿着街边的雪路，慢慢地走，呼吸着清冷而新鲜的空气。不管什么季节，兴安岭的天空都是蓝的。这种透明的无瑕的蓝，对久居都市、为烟尘所困扰的我来说，就是福音书。阳光把雪地照得焕发出橘黄的光芒。街灯下面，是一串串的红灯笼。白雪红灯，格外分明。

我在除夕街头，碰见的第一个人，是个痴呆。他逍遥地走在杨树下，兴冲冲的，衣衫褴褛，敞着怀，没戴棉帽和手套，自得其乐地打着口哨。我看了他一眼，又一眼，等于领受了新年的"憨福"。接下来遇见的，是一个骑着自行车的中年男人，他的车后座上吊着两个油渍渍的桶，看来是去饭店收猪食的。他的眉毛和胡子上溇着霜雪，想必在寒风中奔波了很久了。

除了理发店，大多的店铺都关了。店铺贴的春联又长又宽，十分醒目，那些陈旧的房屋因而显得亮堂了。小孩子在街角放着鞭炮，好像在空中甩着鞭子，一声声地吆喝着年。年是什么？是打着滚儿下坡的山羊吗？如果是那样的话，它们将从山上的雪松下滚过。在兴安岭，只有它们满身苍绿，富有春的气息。

我在寒风中步行了半个多小时，只是在大世界门前看见了两个摊床，一个是卖糖葫芦的，一个是卖鞭炮的。糖葫芦和鞭炮虽然姿容灿烂，但它们却是红颜薄命的。前者因取悦人的嘴而消融，后者因取悦人的眼而消散。不过鞭炮在绽裂时，会焕发出一瞬千年之美。

弟弟家已经把年夜饭准备好了。他们家的阳台，也挂起了红灯笼。天色渐晚，寒意愈深，红灯笼亮了起来。站在阳台向下一望，见那满街的红灯笼，就像老天垂下来的一只只红碗！它们盛着星光和爆竹幽微的香气，为人间祈福。这座白雪覆盖着的小城，因为有了这些红灯笼，暖意融融。在没有鸟语花香的春节里，在北风和飞雪中，红灯笼就是报春花啊。

我恍然明白，人们之所以穿上红衣，是想用这火焰般的颜色，烧碎这沉沉暗夜，驱散这弥漫在天地间的苍凉啊。看来夜有多黑，就有多么光明的心；世界有多寒冷，就有多么如火的激情！如果没有这样的红色作为使者，北方的年，又怎能有春的气象呢？

原载《文学报》2007年3月8日

沈阳的美丽与哀愁

徐　坤

———————

　　临近4月底，火车又一次提速，D字头动力车组始发。友人向我打探去沈阳的路径，说提速以后，从北京4个小时便可到达。我却阻止说，不，不要去。若去，就选择冬天。寒冬腊月，火车喷吐着白烟儿，一路呼啸，出了山海关，但见雪野茫茫，一望无尽的东北大平原，端的是养眼！车甫一停稳靠站，左脚迈出车门，"唰——"，一股凛冽的寒风，兜头便至，打得人浑身一哆嗦，刹那间衣袖裤脚都被打穿。那是真正来自西伯利亚的寒流，那种冷，豪迈，剔透，挟带几许暴虐和郑重，长风刺骨，冰清玉洁。就仿佛陈年的黑方威士忌，要不，就是道格拉斯AK47伏特加，加了冰块，抿一口，唰的一下，如同小刀，无比锋利地在唇边划过，鲜血奔涌。痛和快感倾巢而出！刹那间，脑子醒了！浑身的细胞都被激醒了！

　　这就是沈阳，你出关之后的第一口烈酒。狂放，野性。然而，一旦你压得住它，又无比驯顺，服帖。这个东经122度、北纬41度的北温带边城，几乎有半年时间都包裹在漫漫冬季里。春天只是冬天呼出的一口清气，夏秋是它从一个冬天奔赴另一个冬天之间的短暂休歇，几乎毫无特色。被南国溽热和京城暖冬给折磨得一筹莫展的人们，却可以在沈阳寒冷的冰雪中去紧紧筋骨，带回一身神清气爽的北国风光。

一朝发祥地，两代帝王城。沈阳的城郭之中到处布满蛮横和雄性荷尔蒙气息，即使是在冰封的冬季那种气味也一样醇厚，酣酽，浓得化不开。凛凛朔风中，袖着手，低着头，将脸深深埋进大衣领子内，哈气成霜地沿着雪松排列的方向，避开热气腾腾的白肉血肠、李连贵熏肉大饼、老边饺子、老龙口包谷烧的熏香迷障，一抬头，眼前蓦地腾起红墙绿瓦、金色琉璃镶嵌成的华美宫阙！那就是沈阳故宫，一个王朝留下的背影。它记录着努尔哈赤和皇太极女真人长风猎猎铁骑哒哒的剽悍和骁勇，也留有摄政王多尔衮和孝庄皇后辅佐少年天子匡扶社稷的暧昧和机谋。这座采撷了长安、洛阳、开封、金陵几朝汉家宫阙之长的清朝皇家宫殿，满蒙汉建筑风格交杂，几乎是北京故宫的缩微景观和美丽倒影。比之北京故宫的君临天下磅礴气势，它秀气典雅，格局上虽有几分局促，内里却处处透着狂妄和勃勃野心。

出了故宫，不远处，大概也就两站地远遐，耸立一座古罗马廊柱盘绕的巍峨西洋建筑大青楼，周围环绕点点北欧风格红楼群与清王府式样的三进深四合院。那却是另一对著名父子张作霖和张学良的故居——张氏帅府。红彤彤雕梁画栋的四合院里，老帅两次奉直战争的硝烟似犹在，皇姑屯铁路的爆炸声依稀传来；洋气扑鼻的大小青楼，仿佛记录下了少帅东北易帜去国离家的悲壮，举旗助蒋的豪侠，西安事变的枪响，终生囚禁的无奈……千古功臣，天下为公。血与火的洗礼，一次次政治与军事的较量中，似无心机，却不乏机巧。留下的是悲剧，也是悲壮。

从故宫到故居，短短十几分钟路，皇家故宫与帅府故居，古罗马建筑风格与传统四合院建筑，古今中外，历史与现实，在这条小街上奇异地汇合。两对父子，塑造了沈阳的命运和性格：天生梦想，又土又狂，勇猛正直，忠诚豪侠，仗义疏财，成事不足，败事有余，粗鲁颟顸……游牧民族的剽悍与汉族移民后代的匪气交织，无所不能，无所不往，相得益彰，互为消解。

身在沈阳，心系北京。沈阳是北方游牧民族入主中原的最后一座关隘和要塞，是封疆大吏施展济世情怀的最后一片乐土和泥淖。新中国成立后，沈阳服从全国一盘棋，成了重工业煤炭钢铁机械制造基地，半个多世纪以来为全国人民做出了贡献，也意味着牺牲。如今的沈阳几乎成了德国式的鲁尔工业重镇，面临着重新振兴起飞的痛苦艰难。古时所说的盛京八景：天柱排青、辉山晴雪、浑河晚渡、塔湾夕照、柳塘避暑、花泊观莲、皇寺鸣钟、万泉垂钓……早已在几十年大机器的轰鸣中不见踪迹。新的盛京景观：满族溯源地，国际秧歌节，世界园艺博览会，奥运足球分赛场……正纷纷而起。仕子们也知道，风景秀美的棋盘山虽是一盘诱人的残局，其实也是死棋。跳出沈阳，方能满盘皆活。

沈阳老了，早已经老过两千岁；沈阳还年轻，顶多也只能算条中年的汉子，才刚知天命而已，正逢如虎似狼、如日中天的年纪。有谁认为酒会老吗？尤其烈性的，总是老而弥坚，老而醇香。只是有关沈阳这杯酒，需要慢慢品，在第一口上降伏住他，接下来的事情就好办了。如同沈阳的小娘儿们，要么草根，生生不息，永远低伏在生物链的最底层，随风而逝，默默都做了衰草牛羊野嚼裹；要么，就是孝庄、赵四一类人物，治大国如烹小鲜，辅佐朝廷如管孙子，把男人和国家的运命尽皆把握于股掌之中……呜呼噫嘘嘻乎哉！沈阳这口酒，也还算喝得过吧？

原载《人民日报》2007年6月2日

八百米的故乡

苏 童

————————

　　在我的字典里，故乡常常是被缩小的，有时候仅仅缩小成一条狭窄的街道；有时候故乡是被压扁的，它是一片一片记忆的碎片，闪烁着寒冷或者温暖的光芒。所谓我的字典，是一本写作者的字典，我需要的一切词汇，都经过了打包处理，便于携带，包括故乡这个沉重而庞大的字眼儿。

　　每个人都有故乡，而我最强烈的感受是，我的故乡一直在藏匿，在躲闪，甚至在融化，更重要的是，它是一系列的问号，什么是故乡？故乡在哪里？问号始终打开着，这么多年了，我还在想象故乡，发现故乡。

　　1982年夏天，在一条名叫齐门外大街的街道上居住了二十多年之后，在把四个子女都养大成人之后，我父母乔迁新居，从苏州城最北端的那条老街上继续往北五百米，过一座桥，再穿越一条很短很狭窄的街道，左手是我母亲工作的水泥厂，右手的工厂宿舍楼，就是他们的新家。这次乔迁的直线距离，没有超过八百米，当时我在北京上大学，在千里之外，对新家充满了热情的想象，因为那是新工房，在三层楼上，新居的高度和抽水马桶阳台之类的东西已经让我足够兴奋。我清楚地记得暑假回家的第一个下午，我在新居的阳台上眺望着远近的风景，怀着一种新生的心情。远的风景，正面方向是水泥厂工厂区白色的大烟囱和水泥窑，侧面远眺，能看见一家炭黑厂黑色的烟囱和黑色的厂房，在水泥窑的后面，有京沪铁路通过，可惜在水泥窑才能看见铁路和火车，我看不见。我从小生活的旧屋，其实就在东南方向八百米处，在我视线能及的地方，但是其他的房屋挡住了那旧屋，我什么也看不见。那是很多年来我们家的第一次搬迁，是在对环境污染一无所知的年代里，我们从一家化工厂的对面搬到一家水泥厂和一家炭黑厂之间，从苯干生产污染的空气里扑向水泥粉尘和炭黑粉尘的怀抱，空气质量对我们每一个家庭成员并没有太多的妨害，唯一的问题是日常生活的直径改变了，正负八百米。我父亲去市中心上班，自行车要多走八百米，我母亲上班少走八百米，可是去看望我外祖母和舅舅舅母们要多走八百米，对我来说，八百米是一次直径的扩展，美中不足的是这次扩展规模太小，我的生活从一条街到另外一条街，仅仅延伸八百米，不能遗忘什么，也不能获得什么。那年夏天，我第一次意识到了故乡这个字眼儿，可是我所想象的故乡似乎并不存在于这八百米的世界里。

八百米成为一个象征，就像一个人发现故乡的路，很短，也很长。

我对苏州城北再熟悉不过了。每一条街路，每一间工厂，甚至大街小巷里的好多户人家，我都知道他们的底细。但是那个地区太拥挤了，太低矮了，我从来没有机会彻底解放我的目光，我从来没有获得过登高远眺一览江山的经验。那年夏天，我意识到我对新居的期待是一场空欢喜，三层楼，实在太矮了，视线还是被遮蔽的，我无法获得一个完美的观察者的视线，即使是描写一条街的街景，我仍然要通过脑子里的记忆，还有想象。

但是从文学意义上说，八百米也许可以成为一个故乡了，只是稍显局促而已。从孩提时代到二十岁，我主要是在苏州城北的这八百米范围内活动，成长。我的写作，其实一直在利用这局促的八百米的故乡，有一些事物总是在我创作过程中浮现在脑海里，分别是河水，铁路，工厂，河里的客船、驳船和农用船，许多敞开的房屋的门洞，早晨和黄昏街上的人流和嘈杂的市声，那八百米范围里的居民，老老少少，男男女女，有好多人脸会在我写作的时候悄悄一闪，进入我的记忆，那些事物，那些人，都以故乡的名义降临。为了写作，我有一条虚拟的抵达故乡之路，我习惯设定一个出发地，这是故乡模糊的版图中唯一清晰的地标，也就是零公里处，我设定的所谓的零公里处，就是我二十岁以前居住的旧屋。

　　齐门外大街如今拆了一半，保留了一半，被拆去的是临河的房屋，127号，这个门牌号码现在应该是消失了。那曾经是我母亲的家族很多人的旧屋，一面临街，一面临河，临街的那一侧住着我大舅一家，隔着一个小小的天井，临河的两间屋子曾经住着我们一家和我三舅一家，而天井的耳房里住着我年迈的外祖母。我三岁那年我三舅买下了隔壁一户人家的私房，住到了我们家的隔壁。这样，一个家族的人各有门户，却又紧紧地靠在一起。我母亲这一家族家境贫困，从镇江地区的扬中岛上出外谋生，移民到苏州，一直团结在我大舅的周围，一起居住，一起生活，之前，在我和我哥哥出生之前，我们三家人和外婆一起住在另一条街上，东汇路南田村的一所更拥挤的房子里，很奇怪的是，我后来算了一下那两所房子间的距离，差不多，也是八百米。

　　八百米的世界，对我们一家，曾经是一种宿命。唯一不同的是1982年夏天的搬迁，让我母亲的这个家族分开了，分开八百米，不算很远，但也不很近。这使我母亲在腌咸菜的季节里格外头疼，腌菜的大缸没法搬到新居里去，而且，我母亲特别信任我二舅的脚，认为只有他踩出来的腌菜才好吃，现在，缸没有了，踩缸的"脚"也不在身边，只好放弃腌菜了。搬家也给我造成了一点儿麻烦，明显大于腌菜的麻烦，我要听从母亲的吩咐，走亲戚，暑假或者春节，每年最起码两次，要走八百米的路，回到旧屋去，见过我的外祖母，见过我的大舅大舅母和二舅二舅母，我从127号一个大家庭的一员，变成了一个亲戚，一个客人。这种新的身份让我感到新奇，又很不自在。而我家的房子，由于是公房，已经被调配给了一个陌生的家庭，我好奇地打量着从前的家，非常怅然地发现，那确实不是我的家了，那户人家粉刷了墙壁，改变了房子的格局，也改变了我母亲家族聚居的格局，不是陌生人融入了这个家族，就是这个家族融入了陌生人的生活。

而我们这个家族，最初就是这个街区的陌生人。我父母是从镇江地区扬中岛上来到苏州的移民。在上世纪80年代以前，我所有的身份资料上的籍贯一栏，填写的是扬中县。籍贯填写成苏州，是80年代以后的要求，这个要求忽略了父辈的来历，强调了出生地的重要。自此，我的身份才与苏州发生如此紧密的联系。

老屋附近的邻居们称呼我大舅为大阿哥，大舅母为大嫂嫂，称呼我三舅为小阿哥，三舅母为小嫂嫂，这是模拟我母亲的身份称呼的，而邻居们称呼我的外祖母，则一律亲切地喊她外婆，是根据我们这些孩子的口气称呼的。而我外婆在苏州生活几十年，一直不怎么与别人交流，她学不会苏州话，也不肯学，没人听得懂她的扬中乡音，她干脆就不和邻居说话了。但是街上所有的人几乎都认得她，因为她一年四季都坐在我们家的门口，守着一只大篮子，大篮子里是她向一个老贩子买来的旧线袜。她把旧线袜拆成纱线，再把拆下的纱线绕成线团，把那些线团卖给一个收购站。收购旧纱线的地方很远，在苏州城北以北的陆墓镇。我外婆是解放脚，毕竟捆扎过，走路多有不便，儿女不放心，所以在很长一段时间里，我们三家的孩子，要轮流出动，走很远的路，陪我外祖母去陆墓镇。

我的外祖母似乎一生都未能融入城市生活。她姓蒋，我外祖父姓王，所以她在户口本上的名字是王蒋氏，这是代表她身份的唯一符号，甚至连我的舅舅都不知道她做姑娘时候的名字，只知道她在农村的时候，因为个子高，有一双特别长的腿，别人叫她长腿。她前半生在农村留下的唯一的传说与劳动有关，说是她插秧特别快，是远近的村庄里插秧最快的人。在我外祖母的回忆里，我的外祖父除了长相英俊之外，其他一无是处，他像扬中岛上的大多数男人一样，年轻时候便出外谋生，他在苏州城里开了一家竹器店，到我大舅能干活儿的年龄，他收了自己的儿子做了学徒。我的外祖父在城市里摆脱了贫穷，但是他的钱财都流向了某些隐私性的不可言说的地方，每到过年的时候他回到家乡，只带来回的路费盘缠，从没有把在城里赚到的钱交给我外婆，他坚持回乡，似乎是在履行保留在乡下的权威，很有规律也很有效率地在乡下妻子身上完成着传宗接代的大业，直到我母亲出生。

我外婆一共生了五男一女，我的四舅和五舅都送给了较为富裕的人家抚养。她甚至连一块田都没有，就靠替人帮工养活自己和剩下的儿女。我外祖父后来在城里染上了重病，奄奄一息的时候，已经人财两空，苏州城里举目无亲，他想到的还是乡下的妻子，他回了家，让我外祖母伺候着度过了生命的最后几天，最后他落葬在故乡。

我的大舅后来成为这个家族的顶梁柱，他把我二舅三舅四舅先后带入了城市，而我外祖母和许多来自农村的老年妇女一样，跟随着儿子们，来到苏州。1959年春天，我的五舅在很多年之后初次知道自己的身世，从他工作的城市南京赶到苏州来认亲，我的外祖母和她的五个儿子和一个女婿（我父亲），加上第三代的孩子，一起去照相馆拍了一张全家福，我外祖母在那张照片上流露了一生最快乐的微笑，一个来自扬中岛上的家庭，在苏州团圆了。其时，除了我五舅一家，我母亲的家族已经完全在苏州城里扎根落户了。

我母亲的这个家族，就像一支军队，分成两个纵队，一支深入城市，探索新的生活，另一支留守故乡，保留着对农业文明残存的希望。我的长辈，除了我大舅母，是我大舅与乡下妻子离婚后迎娶的苏州人，其他的长辈都来自扬中，我的舅舅们到了婚配年龄后，都是在老家扬中岛上寻找的伴侣，而我的四个扬中籍舅母，除了我三舅母，其他三个几乎一生都留在扬中岛上，在老家养儿育女，如此，我们这个家族与扬中岛一直维持着紧密的联系，我有一半的表亲在城里，一半的表亲在乡下，每年都会有这样的时刻，家里来了某个乡下舅母，她会在我外祖母、我的两个舅舅家和我家来回穿梭，我们几家的桌子上，都堆着相同的一种叫水糕的糕点，那是乡下的纵队给城里的纵队捎来的礼物，但是，对于我们这些在苏州长大的孩子来说，那实在是世界上最不好吃的糕点。

我们这个家庭有点特别，几家人聚拢在一起，在一个新的居留地过着家族式的生活，似乎就是为下一代更改故乡的名字。但故乡的名字是不容易改变的，我们家周围的邻居，大多是苏州的老居民，他们早已接纳了我们这个家族，但是，对于我们127号和125号的日常生活，毕竟是有点好奇的，而语言问题首当其冲，语言在我们这个家族里无法统一，我外祖母不会说苏州话，我大舅母不会说扬中话，我的父母和舅舅们则交替使用家乡方言和苏州话，他们互相之间用家乡话交流，对孩子们对外人都说流利的苏州话。

长辈们的家乡方言，在很长一段时间里让我们这些孩子感到恐惧，就像一个隐私，唯恐给外人听到，可惜的是，这隐私无法藏匿，因为长辈们从不以他们的家乡为耻。扬中岛的方言，听起来接近苏北话，而苏州这个城市的市民文化与上海相仿，地域歧视从来都是存在的，苏北话历来被众人所不齿，尤其是我的姐姐和表姐们，一旦与别的女孩子发生口水仗，必然会因为长辈们的口音受牵连，无论她们怎么强调扬中岛位于扬子江江心，属于镇江地区，镇江地区是在江南，与苏北无关，怎么强调都是无济于事，通常她们得到的回答是，镇江话也是苏北话，不管你们的老家在江南还是江北，反正你们不是苏州人，是苏北人！

我们家的下一代，都为上一代的家乡辩解过，为地理位置辩解，为语音所属方言辩解，出于虚荣心，或者就是出于恼怒，当你为父母的口音感到恼怒时，你如何体会故乡这个字眼儿带来的荣耀？相反，下一代体验的是一种隔绝故乡和遗忘故乡的艰难。说到底，孩子们是没有故乡的，更何况，是我们这些农村移民的孩子。

但父辈们在下一代身上还是留下了故乡的烙印。我们所有的孩子都不会说老家扬中的方言，但对长辈的称呼，是小时候牙牙学语时父母所教，养成了习惯，一律以扬中方言发音，比如我的表姐对我母亲的称呼，按照书本应该叫姑母或姑妈，按照街上别的孩子的苏州方言称呼，应该叫 niang niang，可是我的母亲被叫作 gu wei，比如我大舅的女儿叫我三舅 ya ya，不叫阿叔，很长一段时间里，我对我舅舅舅母的称呼也是依照童年时期父母的指令，舅舅发音勉强接近普通话，舅母发音则怪声怪气，"母"这个音，M-E-U，发出的是一个非常奇特的音节，在苏州话发音里，那个音接近鳗鱼的鳗，或者瞒骗的瞒字。当我在学校里系统地学习了语文知识后，这样的发音让我觉得滑稽，不能忍受，于是我未经父母和当事者的同意，悄悄地改变了对舅父母称呼的发音，我按照一个普通的苏州孩子的发音，叫该叫的舅舅，舅妈。

父辈的故乡离我是远的。1970年春节，我的四舅领着外祖母去扬中探亲，顺便带上了我和一个表姐，老少三代人结伴奔向扬子江中的那个沙洲，其实是完全不同的旅程。一个是去看她的故园，一个是回家去和妻子儿女团聚，而两个孩子，则是第一次出门旅行，只是一次难得的旅行机会。那年我才七岁，记得坐了火车，又坐了轮船，下了船后走了一段漫长的路，经过无数的竹林和水田，在到达四舅家所在的村口时，我四舅指着一个在房后用竹匾筛黄豆的老妇人，问我，你认得她吗？我觉得那老妇人面熟，我四舅说，那是你祖母呀，你的祖母，竟然不记得她了？

七岁那年我去了一次扬中，才知道那是我真正的血脉之地。我父亲那一边的所有的亲人，几乎都在那里，务工或者务农。我见过了我的伯父和姑妈们（其中两个姑母从未谋面），也见到了从未见过的堂兄弟，我在那里得到了宠爱，收到了无数的礼物，心满意足地离开，留下的疑问是，我们为什么在苏州，他们为什么还在这里？

几年前，大约是2001年的春天，我又去过一次扬中，距离儿时的那次回乡，已经三十多年了，其时我的母亲、外祖母、三舅、大舅母都已经去世，他们被安葬在一起，在苏州郊外一个叫吴山头的墓地里，仍然比邻而居，仍然像一个大家庭，在苏州城外安息了。而我的二舅和四舅在退休之后，都从苏州回到了扬中老家定居生活，我父亲那边的家族，我的祖母和伯父大姑妈也都去世了，还有两个姑母健在，可我不记得她们的名字了。由于是一次会议的顺访，我的内心并没有体会到任何"近乡情更怯"的心情，有的只是一种茫然，一种好奇，一种莫名的沉重的心情。现在的扬中县更名为扬中市，是镇江地区著名的富裕地区，与农业无关，与早期著名的竹器加工无关，以小型的电子元器件加工发家致富，还有农民别墅的示范小区，我七岁回乡的时候跟我四舅的儿子睡一张床，好多年过去，他成为了副市长，用轿车把我接到他的办公室里，叙了叙家常，一起吃了晚饭，我知道我的二舅和四舅退休以后回到了扬中定居，我用我堂哥的电话给我四舅打了个电话，这是我母亲去世之后，我对他的唯一的一次问候，至于我的二舅，由于没有电话号码，我连电话都无法打。匆匆的两天，我离开扬中岛，内心一直在质问自己与这片土地的关系，人与土地的关联，靠亲人和家族维系，我意识到当一个家族圈分崩离析之后，故乡也破碎了，扬中这个故乡，终究是我父母的故乡，对于这片土地，我终究是个陌生人。

失散，团聚，再失散，是我母亲的家族在扬中苏州两地迁徙生息的结局，没有土地的家族将永远难逃失散的命运。我母亲的家族在几十年的艰难时世里一直聚合在一起，是一个亲密的家族圈的生活，但最终，在一个快速发展变化的时代里，一切烟消云散，这个家族的第一代第二代，还有第三代，最后还是失散了。五年前，随着苏州齐门外大街的拆迁重建，我的大舅和三舅妈都被安置在了别的居民小区，同样的，由于亲戚关系的不可避免的疏远，我甚至从来没有去过他们的新家，我在苏州城里有好多表姐表哥，但我不知道他们住在哪个地方，他们的孩子纷纷到南京来求学，我设法找到他们，把这些年轻的大学生叫到家里来，吃一顿丰盛的晚餐，晚餐过后，接到那些表姐的电话，是致谢的电话，之后，又恢复漫长的疏远，联系中断了。我童年时代热闹的家族圈生活完全萎缩了，家族对于我来说，仅仅是由直系亲属组成，每次回到苏州，我的足迹仅限于我父亲的家、我兄弟姐妹的家，甚至他们都不在一个屋檐下生活，每一家之间的距离都很遥远，远远超过八百米，对我来说，超过八百米，故乡便开始模糊，开始隐匿，至此，我的八百米的故乡已经漂浮不见了。

所以我说，这么多年了，我还在想象故乡，发现故乡。

也许我走了我父亲的路，注定是要离开故乡的。在我的兄弟姐妹中，我是唯一一个离开的人，而且不准备回去。我似乎已经习惯了离开，或者说，我已经习惯了出走。我不能说，人之所以有故乡，是因为他要离开故乡。但在我的心目中，与故乡密切相关的字眼儿，有时候是乡思，有时候就是出走。

我去了我父母的故乡扬中，满眼生疏，父辈在此留下的痕迹已经无从追寻，我现在回到苏州，回到苏州城北，我以前曾经有过的八百米故乡，什么都不见了，只留下两座清代同治年间的石拱桥，一南一北，供人们凭吊，我发现在拆除了古旧的房屋之后，城北地区变得很空旷，同时也很小，那两座桥之间，现在看起来，八百米也不到！

所以，我怀疑我的八百米故乡也仅仅是错觉。我内心需要一个多大的故乡？我需要的故乡究竟在哪里？我知道吗？也许我并不知道。所以我说，直到现在，我还一直在想象故乡，发现故乡。

原载《人民文学》2009年第9期

活在豫鄂交界处

周大新

我家所在的邓州构林镇，位于河南省境内的西南部，离鄂北的名城襄樊（今襄阳市）也就三十公里。

新中国成立前，因为这里是两省交界，离豫鄂两省的省城远，官府的权力抵达此地时小了许多，故匪患严重，土匪一杆子一杆子的，特别多。

1948年夏天那个阴云飘动的早晨，襄阳城南门外宋家香烟铺子三十八岁的老板娘，奉丈夫指派，进南门去城里的米铺里买米。原本一个时辰就可回来，没想到竟一去不回，再无踪影。真实的情况后来才知道，原来是一杆子土匪想抢米铺，结果因米铺防守太严没有得手，正生气要撤时看到了来买米的宋家老板娘，见她还有姿色，就顺手捂了嘴塞进马车抢走了。香烟铺子的宋老板哪知道实情，慌得跑遍了襄阳和樊城的几乎每一个角落到处找，可哪找得到？他去警察局想求警察帮忙寻找，警察局长训斥他道：现在国军和共军正准备打仗，襄阳的军警都在紧张备战，谁还有心去为你找个女人……

他于是只有把头绝望地抱紧。

几天后的一个黄昏，有个过路的马车夫进店里来买香烟，听人说了老板娘失踪的事，问了问她的长相和穿着。那人回忆着说，他这趟去河南邓州拉桐油，在那儿的构林镇上见过一个很像老板娘的女人。宋老板不相信这个捕风捉影的消息，他认为妻子决不会跑那么远到那样一个陌生的地方。可他的大女儿，十九岁的蔓蔓想娘想得厉害，就立刻要去找娘。当她不顾父亲的阻拦，用锅底灰把脸抹黑，拎着一把纸伞，挎着一个小包袱于第二天早晨急急走出她家的香烟铺子时，她并不知道她此生的命运也要发生改变。

她着急忙慌地赶到汉江边，上了渡船。

江对面的樊城她过去跟爹来过，街市上的繁华和襄阳不相上下，可眼下因为备战变得行人稀少街面萧条了，她无心去看街景，只是匆匆问明了去河南邓州的路，通过了军队设的路卡，三步并作两步地向北边走。

天开始下雨。那时候，鄂豫两省间的通道还是明清时期留下的驿路，因为战争的频繁发生，也因为土匪的猖獗，沙土驿路上既无马车也无牛车，六十来华里的路全靠宋蔓蔓的两只脚走。还好，大约因为天正下雨的缘故，路上并未遇见土匪和歹人，当她终于看见"构林关"那三个字时，身上的力气差不多已全被路面吸走。已近黄昏，雨早已停下，正当她准备进镇街时，一个哼着小曲的中年男人一摇一晃地迎面走来。她忙迎上去问：大叔，我从湖北襄阳来，想朝你打听一个人行吧？

哦？那人仔细地看蔓蔓一眼，很是意外地叫：嗬，你这姑娘胆儿可够大的，这兵荒马乱的岁月，你敢一个人走这样远的路？不怕土匪把你抢了？说吧，你找谁，这构林镇上的人没有我不认识的。

我找俺娘，三十八岁，襄阳口音，几天前离家的。

那人的眼珠在飞快地转着，一霎之后带了笑说：你找我那可真是找对了，你娘我见过，前几天才来我们镇上，一直住在一家客栈里。你可以跟我先去我家歇歇，然后我就去叫你娘来跟你见面。蔓蔓一听这话，高兴得"啊"了一声，一直紧皱的眉头松开了，连连鞠躬说：谢谢大叔，谢谢大叔。之后，就跟着那人到了他家。那人的屋子很破旧，屋里除了很多空酒瓶、一张床和一条旧被子外，差不多没有别的东西。你先在家里坐坐，那人边说边退出门去。蔓蔓感激地看着他的背影，唯一让蔓蔓诧异的是，他出去时顺手锁上了门。这是干什么？是怕别人来打扰我？

蔓蔓哪里料到，她把信任给错了人，这个名叫四赖子的男人，是构林镇上有名的酒鬼和赌徒，他根本没见过蔓蔓的娘，镇上也根本没有从湖北过来的女人，他对蔓蔓说假话收留蔓蔓的全部目的，是想把蔓蔓转卖给那些想讨老婆的光棍汉，以换得一笔喝酒和赌博的钱。四赖子干这事已不止一次，所以他没用多久就在镇上找到了一个想娶媳妇的男人。他说他有一个姑家表妹，今年一十八岁，人长得花容月貌，就是家里穷些，最近他姑妈得了重病，急需钱用，因此委托他为表妹找个好人家，现在表妹就坐在他屋里，想在今晚娶走的话，就赶紧拿出两块现大洋来。那光棍汉一听有这好事，高兴地说：麻烦四哥就站这儿等着，我这就去找人赊账。不大一会儿工夫，那光棍汉以自己的房子为抵押，真的从一家杂货铺老板那儿赊来了两块大洋。四赖子伸手想接，那光棍汉缩回手说：咱们一手交钱，一手交人。四赖子有点不高兴：你还信不过我呀？咱们是街坊，我还能跟你玩空城计？走，去我家，我让你看看是真还是假！

两个人来到四赖子那两间草房前，隔了窗棂一看，蔓蔓那阵已把油灯点上，正在灯下心神不安地坐着。光棍汉一看蔓蔓果真长得眉清目秀，当下就把两块大洋塞进了四赖子的手里，低了声说：谢谢四哥，今晚容我先和她成亲，明天再请你喝喜酒。说着就要推门进屋，四赖子急忙拉住他轻声交代：我这表妹并不愿今晚就立马成亲，我们得略施小计才能让她顺从地跟你回去。边说边示意他站在门外，自己打开门锁走了进去。蔓蔓一见他回来，喜出望外地站起身问：见到俺娘了？四赖子轻声说：外边有个人来带你去见你娘，你快跟他走吧。蔓蔓一听，拿起自己的小包袱，向四赖子施了一礼，就兴冲冲地向门外走去。

光棍汉没细听四赖子和蔓蔓的对话，只管心花怒放地带着蔓蔓往家走。他俩前脚刚走，四赖子已兴高采烈地锁上门去了一家酒馆，响亮地对着伙计喊：拿酒来！

蔓蔓跟着光棍汉走到他家门前时，觉得事情有些不对，忙问：我娘不是在客栈吗，你咋领我来了你家？光棍汉被问得有些发怔，怔了一霎才反问：你娘不是病重在家？你不是来和俺成亲的吗？蔓蔓一听大吃一惊，当即转身就要去找四赖子。光棍汉这时开始明白是四赖子说了假话，可他知道钱到了四赖子的手，就是肉包子打狗，有去无回，他不能人财两空，他必须让这姑娘做了自己的老婆，才算不吃亏。他决不能让这姑娘走，于是上前一把抓住蔓蔓的手说：我已经花了两块大洋买了你做老婆，你必须跟我成亲。边说边要把蔓蔓拉进屋里。蔓蔓这时才看清了危险，死命地挣，两个人的撕扯加上蔓蔓的哭喊惊动了两边的邻居，但这种事邻居们不好管的，那年头男人花钱买女人再正常不过，蔓蔓到底力不抵男人，很快被光棍汉拉进了屋里。按这类事情正常的发展程序，一场悲剧眼看就会出现，她将和她娘一样被人强行占有。但两个当事者和构林镇人都不知道，一个更大的事件此时已在他们的身边发生——中原人民解放军的一支部队已经奉命急行军悄然到此，以截断南阳和襄阳之间的联系。当蔓蔓绝望的哭喊持续地在镇街上飘荡时，解放军的一个连已不费一枪一弹解除了民团的武装并开始在街上巡逻，蔓蔓的哭喊使得解放军的连长带人敲响了光棍汉的门。

脸上被抓满血印的光棍汉开门一看是些带枪的兵，顿时吓得腿有些发软，忙说：老总，我是——衣服已被撕得乱七八糟的蔓蔓一见有人来过问，急忙扑到连长面前抱紧了他的腿说：快救我……

不消几分钟，连长便问明了事情的来龙去脉。连长明白之后，眉头就皱紧了，指着光棍汉说：我们这支队伍主张婚姻自主，你强迫这姑娘和你成婚，是不行的，我们有保护这姑娘的责任。光棍汉也不敢和拿枪的人耍横，只说：人是我花了两块大洋买来的，你们不让成亲，也中，那总得把钱给我吧？连长摸了摸自己的衣袋，里边并没有装钱，其实就是里边装了钱，他也不能把钱用在这事上。蔓蔓一见连长没有钱，立马又哭开了，这当儿，连长身后一个用绷带吊着右臂的瘦高个子通信员说：连长，我有钱。说着，就真掏出了两块大洋。连长看着高个子，说：二有，那是组织上给你养伤用的。二有在前不久的一场战斗中伤了右臂，因为这场战斗的伤员太多，上级让伤员们就地疏散养伤，能回老家养伤更好，可领两块大洋离队。二有的家就在这构林镇附近，被连里确定回老家养伤，因此领了两个银元。按连队原来的安排，他随连里行军到构林镇后，就可以离队回家了。二有说：先尽急用吧，我家离这不远，到了家就饿不着我。连长犹犹豫豫接过了那两块大洋，转手递给了光棍汉。光棍汉接了钱，显然怕连长再变卦，赶紧进屋关门上栓。

现在你怎么办？连长看着重获自由的蔓蔓问。蔓蔓说：我回襄阳。连长说：据我了解，襄阳那儿马上就会变成战场，子弹可不认你是不是襄阳人。我劝你还是先留在这构林镇上，等战事过去了再回家。

不不不。蔓蔓急忙摇头，我害怕这个镇子。

那……连长沉思着：要不你先跟这个二有去他家住几天，他家离这镇子不远，他是我的兵，我敢保证他会保护你，等襄阳的战事一过去，你就让他送你回家。

蔓蔓看了一阵吊着伤臂的二有，半晌才点了点头说：那好吧。她的话音刚落，二有就有些急了，二有叫：连长，这不大好，我忽然带个姑娘回家，会让人误解的。连长有些不耐烦，说：这点儿事你都给你家人解释不明白？好了，赶紧带上这姑娘走，部队马上就要行动，没时间跟你啰嗦！

于是就在这个夏雨过后有一牙月亮的晚上，蔓蔓跟着二有来到了那个离镇子只有三公里的周庄。二有的一家对蔓蔓给予了最热情的接待，二有的爹娘以为这个城里打扮的姑娘就是儿子领回来的媳妇，欢喜得眼都眯了起来，可二有明确地说：她只是在咱家避几天难，与我毫不相干，你们甭操别的心。蔓蔓出于对二有拿钱相救的感激，从第二天起自动担负起给二有的伤臂换药擦洗的任务。随着这种近距离接触的增多，蔓蔓和二有相熟了起来，他给她讲部队打仗的事，她给他讲母亲失踪的经过和她在襄阳城南门外的经历。两个人就在这种交谈中互生了好感。蔓蔓问：你说实话，你现在后不后悔为我花了那两块大洋？二有说：两块钱救了一个人，咋能会后悔？十几天后，传来消息说襄阳已经解放，蔓蔓挂念着家人，急着想回家。二有说：为了你路上安全，我送你。蔓蔓没再客气，两个人于是步行上路，蔓蔓背着贴饼子和煮鸡蛋在前边走，二有吊着伤臂在后边紧紧相跟。

襄阳和樊城已被战争改变了模样，她家的香烟铺子也早已被炸倒。幸存下来的街坊们告诉她，她走后第五天，她被土匪劫走的娘偷跑了回来，可仅仅过了几天，她父母就又被倒塌的香烟铺子压死了，妹妹随着逃难的姑姑向山里跑了，至今没有消息。蔓蔓站在家屋的废墟前捂脸大哭。二有默默站在一边，等她终于停下哭声时把她紧紧搂到了怀里。二有说：既是这个家没了，你就还跟我回河南的家吧。蔓蔓没有说话，蔓蔓只是又一次哭出了声……

蔓蔓没有了别的办法，只好跟着二有又回到了河南。这一次，二有的娘看出这姑娘真有可能成为儿子的媳妇，就大着胆子对蔓蔓说：姑娘，你要是觉得跟俺二有过日子不委屈你的话，我就为你俩办桌喜酒。

蔓蔓听罢看了二有一眼，二有也正看着她，她于是把头点点。她把头这么一点，第二天就成了二有的媳妇。

1952年，笔者在周庄出生了。长到四五岁之后我才知道，二有是我的远房二伯，蔓蔓是我的远房二娘。我从老辈人的嘴里听说，他俩成婚后，因为蔓蔓的湖北口音和她的清秀长相，使她成了我们周庄村里最受关注的新媳妇。二有伯的伤臂好了之后，经常领着蔓蔓去构林镇赶集，给她扯了好多块花布让她做衣裳。蔓蔓因此成了我们村里花衣裳最多的媳妇。

但这种好日子并没有持续多久，在后来的土改运动中，二有伯的家被划为了地主。这是那个年代里很可怕的一个头衔，这个头衔立刻像唐僧手中的紧箍咒一样，束住了二有伯和蔓蔓二娘的头。所幸二有伯有一个军人退伍证，这个证件保证了他们夫妇不承受地主家人所受的歧视和批斗。

二娘把二有伯的退伍证当作宝贝似的保存着。他们就在这个证件的保护下生下了几个孩子，过了十几年的安稳日子。

这之后，1960年来到了他们的生活里。这个年份在他们的生活中之所以显得特别，除了灾害和饥荒之外，还因为蔓蔓二娘在这一年把二有伯的退伍证丢了。可能是饥饿的威胁太可怕太紧迫，证件的重要性相对降低，所以使蔓蔓二娘放松了对它的看管，致使老鼠——差不多可以肯定是家里那些饿急了的老鼠，毁掉了那个证件。

已经过去的那些安稳日子多少麻痹了蔓蔓二娘的神经，使她没有想办法立刻去补上这个证件，结果，当1966年的"文化大革命"来到时，她和丈夫、孩子所组成的小家，同婆婆等地主分子一起，受到了猛烈的冲击，孩子们从此不得上学，全家人在村里受到了歧视。她想找县民政局为二有伯补发一个退伍证，可苦于找不到二有伯所在的部队，找不到证明人就办不成。她一气之下得了一个奇怪的病：瞌睡症，动不动就会睡过去，而且睡得香甜无比。通常，她一觉要睡二十分钟或半个小时，这一觉和下一觉的间隔可长可短。即使是正在做饭，正在说话，正抱着孩子，她说睡立马就可以睡过去。我长到记事时，经常看到二娘在坐着睡觉，怀里的孩子在咿呀乱闹，旁边的村人在大声说笑，家里养的那只黑狗在她身边大叫，可她照样在睡觉。

因为没钱也因为这个病没有严重的后果，二娘并没有找大夫吃药。二有伯可能催过二娘去看病，见她不在乎也就没有坚持。二娘有了这个病后，坏处是容易误事，全家人要吃饭时发现她还坐在灶前睡觉，客人跟她正聊着天她却睡着了。但也不是没有好处，凡是她不想打交道的人，即使那人来到了她面前，她也可以立马闭上眼睡过去，对方还不好怪罪；凡是她不想听的话，对方的声音再大，她也可以闭上眼睡过去，完全不听；凡是她不高兴见到的事，她闭上眼就睡，可以做到眼不见为净。正因为她有这个病，在我长大以后，我还从没有见二娘生过气发过火吵过架，她在清醒时总是笑意盈盈。

较长时间的睡眠可能对人的健康很有益处，我的二娘因为有了这个瞌睡病，延长了睡眠时间，她的身体一直很好，很少得别的病。她要为几个孩子，为她那个穷家操劳，辛苦是肯定的，但你却看不见她脸上有多少疲劳。在她过了五十岁之后，我的二有伯再次负了伤，这次是在村里修桥时不幸被砸断了一条腿。二娘肩上的担子更重了，要操心的事情更多，要干的活儿也更多，但大约因了瞌睡病的保护，劳苦并没有损坏她的健康。如今她已经八十岁，还能抱着小孙女满村里走，还能为全家人做饭，还能饶有兴味地抽纸烟，当然还常常打瞌睡。前不久我回故乡探亲，见到了她，她很高兴地拿出一个小红封皮的本本让我看，我翻开，见是县民政局为死去多年的二有伯补发的一张革命军人退伍证，上边填着二有伯的名字，注明了退伍的时间。

我终于找到了两个能证明你二有伯当过兵的证明人，所以他们就给我补发了。八十岁的二娘骄傲地说。我有些诧异地问她：二有伯都已经去世几年了，你要这个证还有啥意思？

当然有意思了，有了这个证，就证明你二娘我当初嫁的是一个正经的退伍军人，不是一个地主的儿子，证明我这当初的选择没有错，证明我的命并不苦。我怔怔地望住二娘，长久无语。

原载《人民文学》2009 年第 10 期

乡间百工

尧山壁

一台织布机

小时候，除去母亲之外，最熟悉的是屋里那架织布机。自打落生，家中只有它与我母子朝夕为伴。我爱它又恨它，因为只有它与我争夺母爱。母亲常常撇下我，坐在它面前，呱嗒呱嗒地说个没完，淹没了我的哭声。但是又不能迁怒于它，因为母亲常说，我们娘儿俩是靠它养活的，没有它，就会吊起嘴来，喝西北风。

这架织布机是母亲的陪嫁。结婚时，父亲房无一间地无一垄，只有一身好武艺。外祖父是个木匠，早早为母亲设计了生路，精心打造了这架织布机。父亲临时搭建的一间地窝子，没有放织布机的地方，只得暂放邻居家里。眼看姐姐要降生，万般无奈，父亲铤而走险，顶替财主家孩子当壮丁，当地叫卖兵，用一个男子汉的身体换回几间砖房，好把母亲的织布机抬进来。行军路上，父亲挣脱绳索，蹿房越脊地消失在夜色里，从此变成了黑人。不久他参加了冀南暴动，两年后又投奔滏西抗日游击队，打了几个漂亮仗，成了红人。可惜在我落生十四天时英勇牺牲了。几亩薄地指望不上，织布机便成为我家唯一的生活来源。

我们这一带，自古以丝织闻名。《西京杂记》上说，汉霍光妻赠朋友淳于衍"蒲桃锦二十四，散花绫二十五匹。绫出钜鹿陈宝光，妻传其法。霍显召入第，使作之。机用一百二十蹑，六十日成一匹，直万钱。又与越珠一斛琲，绿绫七百端，直钱百万，黄金百两"。我们县向来属钜鹿郡，我们村距离现在的巨鹿县城也不过20公里，所以有着悠久的纺织传统。

种棉花和棉纺技术元朝末年才传入中国。从黄道婆到我母亲这一代已经有600年历史了，工艺水平也在循序渐进。外祖父的魏庄是闻名的"棉花窝"，二、七大集，布市占了半条街，母亲经常留意布摊的花色品种，织布技术达到了当时农村的最高水平，三里五乡的女人们常来登门学艺。我从小在织布机旁长大，母亲一直把我当作闺女使唤，所以对一般纺织工艺烂熟于心。后来看到乾隆年间直隶总督方观承的《棉花图》，工艺流程大体相似。

第一，撕一把弹熟的棉花瓤子，包在一根高粱莛子上，搓成油条状的"布节"。第二，摇动纺车，把布节中抽出的均匀棉线缠绕在锭子上，形成蔓菁状的"穗子"。第三，把穗子上的棉线绕到线拐上，线拐是工字形木梁，不过一头要扭90度，两条木梁垂直。第四，把拐好的棉线放到开水锅里煮，加一把面粉，叫作上浆，为的使棉线挺直。然后晒干，穿到一根木杠上，用力把线缕抻直。第五，利用木制的十字旋子，把浆好的棉线缠到"络子"上，络子形似木制灯笼框架，两头十字支撑。第六，根据所制棉布的宽度，一个络子上扯出一根经线，合到一起开成线缕。为了节约场地，在院里两头钉上木橛，手扯经线缕先后挂在两头橛子上，起到折叠的作用。第七，把经线的线头穿过综和杼，综的多少取决于布的花样，一般白布两匹综，颜色多种的用三匹综、四匹综。操作时两人对面，一人递线，一人引线，梳理的经线缭架在织布机的尾部。最后是织布，织布的木梭扁平流线型，内装纬线。织布时双脚先后踏板，带动综上经线上下分开，同时一手投梭，从经线缝隙中穿过，另一手扳杼，把纬线砸实，就织成了布，边织边卷。我看惯了母亲坐在织布机前，手舞足蹈，左右开弓，姿势优美，节奏明快，呱嗒呱嗒，如同音乐一般。兴致上来，母亲也随着机杼的节奏哼几口小曲。多是民歌《小白菜》和秧歌《三娘教子》一类的苦戏。

我从小跟着母亲搓布节，拐线子，挂橛子，递线头，有时帮助把飞出的梭子从地上捡起来。母亲是织布能手，表现在"快"和"巧"两字上。织白布，一天能织一个布，三丈三尺。织花布，功夫在设计图案和颜色搭配上。母亲的三匹综、四匹综不断出新，引领一方布艺的潮流。村里闺女们出嫁，指名要老桃（我的乳名）娘的花色，所以家家新房三铺四盖，床单被面，往往是我母亲的作品展览会。我家这架织布机也出名了，越传越神。

新中国成立前后那几年，头年淹、二年旱、三年蚂蚱滚了蛋，家家没了粮食，吃糠咽菜，有人要出三石高粱买这架织布机。母亲不肯，忍痛把我送到外祖父家寄养，自己没日没夜地纺花织布，率领妇女们用布匹到山西换粮食，然后背着玉茭、豆饼回村来，养活外祖父和我一家人，度过灾荒年。我是穿着母亲的家织布长大的，直到大学毕业参加工作一直是粗布衣服，粗布被褥，并不觉着土，而是感觉着美，感觉着舒服，以土为荣。这荣就是一位母亲的辛苦劳动。

母亲辛劳一生，长寿而终。人不在了，那架织布机依然默守在那间屋里，那间父亲用生命换来，母亲奋斗一生的屋里，等着我回来。每次回家，看到它就看到了母亲坐在织布机前，节奏明快、手舞足蹈的身影，那就是母亲躬织一生不朽的雕像。

这让我涕泪满面，长跪不起。

碓臼碾子磨

村子里最老的一位，是老槐树下的红石臼，它至少比脱了发枯了皮的老槐树年长一辈。传说先祖从洪洞县大槐树迁民至此时，它就无奈地蹲在那里，曾被杀人杀红了眼的燕王砍了一刀，留下一道伤痕，每逢阴天下雨就流血。先祖拿出从大槐树上采的槐连豆，种在它的旁边，当年就出了芽，如今算来，老槐树也650多岁了。农闲的时候，白胡子族长坐在老槐树下的石臼上，成了村里的一道风景。

碓臼是古代捣麦舂米的工具，还保留着石器的特点。臼圆钵形，碓球形，上面凿眼安木把，叫碓也称杵。后来的捣蒜槌臼就是它造型和操作的缩小。把谷子放在臼内，就捣去皮成了米。把麦子放在臼内，就舂去皮成了面。京剧《赵氏孤儿》中舍己救人的义士名叫公孙杵臼，可见它是农耕社会司空见惯之物。

后来碓臼退休了，因为粮食加工的换代产品，先进的碾和磨出现了。发明年代无可考证，有的说唐朝，有的说后周，还有人说是隋朝的李春，就是修建赵州桥的那位石匠。碾子以碾米为主，基座上有石碾盘，直径近两米。中心立木轴，轴连着碾框，碾框套着石碡。立轴和碾框一般是枣木制成，经久耐用。碾框插上木棍，推着碾棍转，碾碡与碾盘周而复始地摩擦，谷子就脱了皮。石磨以磨面为主，下面磨盘直径一米五六，上面的磨体分上下两扇，直径六七十厘米，两扇之间有轴承相接，俗称磨脐。磨扇接触面都凿了鱼鳞状沟回，上扇有两个磨眼，直径3厘米左右。上扇有个小木橛，木橛上绑磨杆，磨杆上拴牲口套。上扇转动，从磨眼里加进粮食，两扇摩擦，麦子就慢慢变成面粉。

碾子磨都是庞然大物，体重几吨，都是用太行山花岗岩制成。从前没有吊车和载重汽车，趁冬天白马河结冰，用骡马顺河拉来。

俗话说推碾子拉磨。碾米相对简单，碾盘上铺一层谷子，一家人抱着碾棍推，说说笑笑，谷子就碾好了。然后用簸箕簸出糠皮，就剩下金灿灿的小米了。碾子最忙是腊月下旬，家家户户碾黄米蒸松糕。先把黍子碾成黏面。蒸年糕的米面不必轧得太细，粗一点儿蒸出来发暄。年糕里加上红枣带豇豆，香甜可口。蒸黏窝的面磨得细一些，吃起来筋道。

磨面用牲口，骡马性急，大材小用；黄牛性慢，耽误工夫；毛驴合适，不紧不慢，不骄不躁。生驴上套，缰绳拴在磨橛上，扯着它转圈走。头上蒙眼罩，叫"捂眼"，防止它东张西望。嘴上戴铁丝网，叫"诌子"，防止它偷吃。训练出来的毛驴，不用绳牵，甚至不用捂眼和诌子，自觉自愿地转圈儿拉磨。农村有一条歇后语：磨道的驴——认命了。

麦子从磨眼加进，从磨缘儿流出。开始出来碎渣，叫糁子。再把糁子回填，反复几次就成了粗面，用簸箕撮起上箩筛。筛面的大容器叫筐箩，柳条编的，长6尺宽2尺高6寸。里面木头架子，叫箩床。箩用薄木板做成圆框，蒙上马尾或铜丝织成的网。箩在箩床两头挡板间晃来晃去，面粉从网眼里纷纷漏下。箩按网眼大小分成不同型号，包饺子的富强粉用细箩，擀面条的面用二箩，蒸馍馍的黑面用粗箩。箩上剩下的麦皮叫麸子，喂牲口用。其实麸皮里会有粗纤维和多种维生素，最富营养。

围绕碾米磨面形成了两种附带职业，一是张箩，二是锻磨。箩的丝网破旧了，换新的，张箩的担子挑着各种型号的丝网和细木条。锻磨的，只用一根錾子一把锤。磨扇的牙齿嚼过太多的麦子、太多的岁月，磨平磨钝了，需要锻磨人一錾一錾重新凿出沟回，恢复伶牙俐齿。

碾子一般露天，磨多在厦子或棚子里。人来人往，磨坊里便发生了许多故事，京剧《李三娘》的情节就是以磨坊为中心。农民形容突发的严重困难，叫"磨扇子压住手了"。梁斌的《红旗谱》里，严志和儿子被押进监狱时就这样说。生活中倒有过一个真实的故事。邻居梁三婶的丈夫在外边做生意，常年不回家，碾米磨面的事，都由三婶一个人去做。有个走村串巷的锻磨人，打她的主意，三天两头来纠缠。三婶告诉了二奶奶，二奶奶给她出了个主意。这一天三婶磨面，刚卸了驴，锻磨人又来骚扰。磨完了面，需要把上扇用短棍支起，把脐眼周围和沟回里滞留的面扫出来。三婶撬起磨扇支起短棍，请锻磨人手拿笤帚，伸进磨扇下扫面。然后把扇面一扭，支棍倒了，正好锻磨人的一只手压在磨扇中间。磨扇一二百斤重，因为动作不大，压不折骨头，可也抽不出手来，疼得那家伙吱哇乱叫。三婶看也不看他，端起面笸箩走了。拴在磨坊外边的毛驴伸着脖子叫唤：好哇！好哇！好啊！

粉房和糌子窝窝

我是吃窝窝头长大的，一种特殊的窝窝头，既非高粱面的"红牛角"，也非玉米面的"黄金塔"，而是用做粉条剩余的渣滓做成的糌子窝窝，颜色灰黑的"铁疙瘩"。至于吃了多年的这个糌字，在村里有音无字，我一直以为是"渣"字的变音。偶尔翻汉语字典，发现确有其字，是古音形声字，说"糌，拌猪狗的食料"。这就对了，而且很贴切。我的故乡隆尧县南汪店是著名的粉条之乡，也是出了名的穷村，以糌子窝窝为主食，本地有谚语说："有女不嫁南汪店，光吃糌子窝窝片。"

先前做粉条的原料是绿豆、高粱，出产的粉条淡绿色，晶莹光洁，柔如柳丝，禁泡耐煮，吃起来光滑筋道，如嚼琼脂。后来因为绿豆、高粱低产，改用山药干和鲜山药，质量还算可以。不像现在市场上的粉条，都用玉米淀粉制成，颜色发白，易折易碎，下到锅里软如面条，吃到嘴里就化，味同嚼蜡。

做粉条有季节性，经营者带专业性。秋去冬来，场光地净，农民自由搭班开起"粉房"，一般不少于四人。先把原料上磨，磨眼上方吊着盛水漏斗，边磨边加水，便有白色浆糊自磨缘溢出。把浆糊收集起来过箩，箩要过两次，粗箩剩下的粗粒物叫渣，细箩余下的细粒物叫糙子。绿豆、高粱的渣和糙子少，山药干和鲜山药的渣和糙子多。箩下的浆汁接在矮而粗的瓦缸里，叫粉盔。粉盔里的浆汁经过一天沉淀，淀粉堆积在盔底。倒出上层清水，把水淀粉装在细布袋中，吊起来把水淋去，形成粉坨，风干后就是成品淀粉，也叫粉芡。把15斤粉芡放在大盔里，浇以沸水，边浇边搅成糊状，再陆续加入85斤干粉芡，搅拌匀成黏稠状后，就开始下粉了。

精干的下粉班子需要四人。一人烧水，只烧大锅的半边，锅里的水半边滚沸半边平静。一人持粉瓢，瓢底有6或9个孔，孔眼儿可圆可扁。瓢里有粉糊，一手端瓢另一只手以拳捶粉糊，生粉条便从孔眼儿中垂下，落到平静的半边锅里。一人持木铲推动，防止粉条粘在锅底，少顷就从滚沸的半边水里冒出。第四个人用笊篱把冒出的熟粉条放进冷水里降温，然后用手一根根挑出，挂在尺半长的木棍子上，控出水分。天晴时挂在太阳地里晾晒，一根棍上的粉条叫把一把，一把把干粉条摞起来，推到集市上去卖。

下粉是水活儿，锅里，盔里，冷水，开水，到处是湿漉漉、水汪汪。数九寒天，外面北风呼呼，雪花飘飘，室内灶火熊熊，热气腾腾。下粉人光脚赤背，手舞足蹈，大汗淋漓。下起粉来没明没夜，累了以歌解乏："一颗颗汗珠珠脸上落，一只只小手手慢慢摸；一串串汗珠背上爬，爬得哥哥咳心上麻。""下粉的老三别睡着，下出你娘的裹脚条。""挂粉的李四你别使坏，挂出你媳妇的裤腰带……"

晾粉是村里的一道风景。一把把白色的粉条挂在绳子上，扯在杆子间，连绵不断的白帐子看不到头，一层层白练迎风抖，把一个三四百户的村庄裹得严严实实，打扮得漂漂亮亮。外来的老远就望到，白花花银龙飞舞，明晃晃瑞气千条，特别一早一晚，晨曦晚霞里，还能染上色彩，形成一道道彩虹。记得幼时常和小朋友在粉条架下戏耍，钻来钻去，此进彼出，如同舞台上的帷幕。

旧社会一首民歌说：泥瓦匠，住草房，编席的，睡凉炕。做粉条的人也是如此，600斤山药出100斤粉条，除去成本，只能赚几十斤粉渣和糌子吃。好年景人吃糌子猪吃渣，坏年景渣和糌子磨在一起，人还吃不饱，自然不养猪了。净面的糌子窝窝，微酸，第一顿筋道好吃，第二顿就变硬难嚼了。掺渣的窝窝带苦头儿，拉嗓子。吃久了肠干，拉不下屎来，常常要喝盐水，吃番茄叶。为了便于下咽，伴以辣椒。吃糌子窝窝，最好的搭配是苦菜，生吃蘸酱均可。老百姓比喻穷人结亲，是糌子窝窝就苦菜——门当户对。在相当长的时间里，我们孤儿寡母的生存状态是，母亲纺花织布换糌子，我的任务是去河坡里挑苦菜，铁疙瘩似的糌子窝窝便永远保留在我的记忆里。

大锅菜

河北省的饮食风格以滹沱河与子牙河为界，以北为京畿，受官庖影响，以南近黄河，习俗类似中原。石家庄位置偏南，省府自保定移来不足40年，曾几何时，还是满街缸炉烧饼粉条菜，烹饪水平不高，北人讥之：炒菜、熬菜一个味儿。其实大锅菜熬得久了，也别有风味。

大锅菜是肉块、粉条、豆腐一锅煮，各种佐料一齐下，味烂在锅里，多种营养，复合味道，简约而不简单。这种吃法，随着清代以来大批灾民闯关东带到东三省，形成东北大烩菜，时下也很风行。

大锅菜的风格，与民间社火有关。儿时记得，大姓人家都留有族产，春节、祭祀活动，人众嘴多，集体吃喝。还有一些宗教活动、民间娱乐、集市庙会，参与人多，挨户敛钱，统一聚餐，红火热闹。解放以后，这些活动少了，还有红白喜事，那是最典型的大锅菜。

过红白事，提前一天成立办事机构，负责人称总理。下设各个部门，其中就有"灶上的"，编制十几人到几十人不等。先在院里盘两口大锅，一口蒸馒头，一口熬菜。熬菜需要事先浆好粉条，把粉条放在大瓮里，温水浸泡，使之变软。做好卤水豆腐，分割大块上锅蒸，减少水分后切成小块，油锅煎黄。一般用大白菜，也可以是冬瓜、茄子，择好洗净。至少要杀一两头猪，事先买好，要大要肥。傍晚听一阵尖厉的猪叫，那是开灶的讯号。

大锅菜关键的一道工序是炒肉。锅里放几瓢油，因为锅大，要用劈柴烧火。锅热，加葱姜蒜，少顷倒肉，大铲搅拌，肉色发黄，倒入面酱，炒到七分熟，加白糖上色，再倒入酱油，漫肉一寸，加盐和佐料，花椒、大料、茴香、豆蔻、白芷、肉桂、良姜、陈皮等。灶膛撤出多半木柴，文火慢炖一小时，肉香弥漫全村。

过事当天一顿午餐，是水到渠成的事。大锅烧开，先放浆好的粉条，变软后放白菜。菜熟后再放煎好的豆腐炖好的肉。因为锅大，油盐酱醋都要整桶整瓶地倒，更不用说肉成堆菜成垛了。最后加上生葱花、香菜、明油，单等总理一声令下，就可以开饭了。

开饭场景颇为壮观。沾亲带故的扶老携幼，街坊邻居倾巢而出，本村乡亲一户一人，凑份子兼帮工，多达数百人。桌椅板凳，锅碗瓢勺，均系公产，谁家过事借来用。开饭时，长者和亲友入席上桌，族人乡亲就地一蹲。大盆肉菜整筐馒头端上，各取碗筷，自己动手，盛一大碗，一手馒头一手菜地大快朵颐。富足人家，备有白酒，大碗喝酒，大碗吃菜。过喜事，少不了吆五喝六，热闹一场，闹得酒气熏天，吃得顺嘴流油。也难免轻薄人，一边吃喝一边品评，张家长李家短，谁家的大锅菜味道最好。所以红白事总是操办得越大越好，水涨船高，这就看总理的水平了。高明者总是掌握平衡，有钱的也不能过分抬高标准、铺张浪费；钱少的也不许打肿脸充胖子、倾家荡产。猪都是一两头，但是可大可小。所以当总理的总是本村最公平正直的人，大家认可他，往往终身制。

大锅菜也有素的，我参加过一次赵县范庄二月二龙排会。8000人吃饭，广场上搭了席棚，八口大锅，八口大瓮，流水作业，分批就餐，有条不紊。大锅菜制作程序与上述差不多。因为不动荤腥，又要求味道，只有在佐料上下功夫。花椒、茴香、桂皮、姜丝煮成浓汁，盛在大瓮里，随时勾兑在大锅里，出锅时加上明油。据称是寺庙斋饭的做法，又有发展。吃起来味道浑厚，醇香可口，不比肉菜差。

大锅菜讲究规模效应，锅越大菜越香。因为配料齐全，工序严格，加工时间长，一切都入味，菜越剩味越浓。所以事过以后，事主往往把剩菜挨门送给街坊邻居分享，菜香加上人情味，更为悠长。

但是，农村也有美食家，只要掌握要领，肯下功夫，家庭照样也可以做出大锅菜的味道，我二舅家就是一例。每年过了腊月二十三，扫完房祭完灶，灶王爷上天言事去了，趁无人监督，二舅便毫无忌惮地做起他的大锅菜来。选取猪的前腿后臀，加上部分中肋，把残留的细猪毛一根根拔掉，切成一般大小的肉块。开水汆过之后，炒自制的西瓜酱、番茄酱，然后倒进大量酱油少量开水，各种香料放在一个纱布包里。用的是家用最大的七印锅，上扣一个陶瓷的大面盆，周边涂上面糊，使之不透气。炉火用湿煤盖上，用火柱捅几个小孔，下面打开炉门，使火保持小而壮，整整煨上一夜。天明后，肉已炖好，但不启封。等到大年初一揭开，红褐色肉冻成一坨，熬菜时取出一块放在锅里，配以蘑菇、木耳、金针、绿豆粉皮，特别好吃。所以正月里二舅家里客人特别多，不图喝酒，就为品尝一下他家的大锅菜。

如今，大锅菜进了城，登上大雅之堂，华北东北，包括京津，宾馆饭店都上了菜单，成为品牌。

杀猪过年

小寒大寒，杀猪过年。过了腊八，迈进年门，最先听到的是杀猪声。孩子们追着猪的哀号声跑，女孩们为的是猪蹄角，男孩们抢着要猪尿泡。尿泡到手，用嘴吹成"气球"，系上绳子，举在手上满世界跑。

猪是农家宝，看这"家"字，屋檐下一个古写的豕字。"豕"音尸，就是猪。人类把野猪驯化为家畜，大概有上万年历史了。农民养母猪有的是为了生崽，一年两窝，两年五窝。一窝少则七八只，多则十几只，最多不过16只，因为母猪仅有16个乳头。两岁以上的母猪就成为生崽的机器，俗名老海，能活10来年，生20多窝崽，一窝猪崽顶半亩庄稼的价钱。有的养猪为了卖肉，不准生育，专为养膘，叫作膘猪，也叫壳郎。小猪生下40天做绝育手术，公猪要骟，取下睾丸；母猪要劁，摘掉卵巢。刀口在下腹，三两分钟做完，不必缝针。劁猪匠进村不吆喝，拨响铜制的音叉，自行车把上挑个红布条儿。

农户养猪成本低，平时青草野菜，谷糠麦麸，剩饭剩菜刷锅水。秋天改善生活，萝卜缨子，白菜帮子，红薯把子，再掺玉米、高粱面，到了冬天猪食还要加热。育膘期的壳郎，吃饱了睡，睡醒了吃，气儿吹似的长膘。一头膘猪，正月里进秧，腊月里出圈，一年只长一百二三十斤，不像现在的养猪场，喂合成饲料，有的还加激素，三四个月就长二三百斤。速成猪肉中看不中吃，淡而无味，全没了过去的肉香。

农民养膘猪，有的是为了卖钱，囫囵个儿上缴收购站，一头猪顶一亩麦子的价钱。富裕户杀了吃肉，一般也不缴割头税。但是杀猪要请把式，否则捆绑不紧，刀子捅不到要害，就要闹出《红旗谱》里老驴头杀猪那样的笑话，让猪挣脱了绳扣，淌着血水满街跑。杀猪把式一刀捅进心窝，那猪惨叫三两声就蹬了腿儿。旁边旺火把大锅烧得滚开，大锅直径一米六七，猪放进去，翻两回身，"死猪不怕开水烫"。浸泡均匀后，抬到案子上，在一只蹄腕上割个口子，用嘴吹，吹到死猪气球一样膨胀起来。然后用刮刀一下下刮毛，最后露出雪白的胴体，倒挂起来。把式一刀旋下猪头，接着开膛破肚，一把手伸进去撕下心肝脾肺，再一把挖出肚子（胃）大小肠，这两嘟噜通称下水。猪尿泡就在大肠旁边，把式举在手上，看哪个孩子嘴甜，叫声伯伯爷爷，那玩意儿就归他了。

处理胴体容易，把式像庖丁解牛一样，刀子顺着关节骨缝，前肘，后臀，中肋，下膪，大卸八块，转眼完成。收拾猪头颇费工夫，户主自己动手。猪头很多皱褶，刮不干净，要抹上松香，用烙铁一点点把余下的毛烫去，细微处还要动用镊子，把细毛一根根拔下。肠子肚子正反两面都洗，加碱加醋，一遍遍冲刷。猪头下水是正月里下酒的主要菜肴，当然要拾掇精细。

杀猪也像逢秋过麦一样，是一年中的大事。依照古风，谁家杀了猪，要请四邻八家吃杀猪菜。做法是将全猪的各个部位各取一点儿，加上白菜豆腐粉条，熬一顿大锅菜。为了增强亲情乡谊，同时还有个含义，让没养猪的人家都尝到肉味儿。冀南农村尚勤俭，过年少有鸡鸭鱼类，炒菜剁馅，七碟八碗，都是猪肉看家。留下过年的肉，其余部分，有的拿到集市上去卖，有的腌渍起来。冀南人不做腊肉，煮熟或炒过之后，大块放进瓦缸或小瓮里，加上海盐粒，上面浇一层熬化的猪油，加盖保存，随吃随取，省俭的人能吃一年。

砖　窑

幼时大人猜谜语：村北有个大肚汉，吃一片场，拉一座院。谜底是砖窑。我村北边确实有一座旧砖窑，年龄比村庄还大。老人们说，先有老砖窑，后有南汪店。明洪武年间，先祖从山西洪洞大槐树下迁来，住的是窝棚地窖。后来用安家费修了座砖窑，才陆续有了砖房。

砖窑对孩子们是个神秘的地方，出仁人志士，贞洁烈女。我从小爱看戏，《汾河湾》里的薛仁贵、柳迎春，《武家坡》里的薛平贵、王宝钏，《吕蒙正赶斋》里的文状元，《遇皇后》里的李宸妃，都曾住过破瓦寒窑。所以我经常带一帮小朋友到窑上过家家，爬上爬下。

　　习惯说秦砖汉瓦，实际上中国烧结砖技术远远早于秦朝。考古证明，我国是世界烧结砖的发祥地，收藏在江苏昆山锦溪古砖瓦博物馆的"中华第一砖"，是从赵陵山良渚文化遗址发掘来的，距今5000多年。湖南澧县城头山的砖窑遗址，更在6000年前，属于新石器后期。而且我们的祖先已经会烧制空心砖，陕西岐山县赵家台出土的空心砖，长1米，宽0.32米，厚0.21米。同时还发现了烧结屋面瓦，距今3100年。郑州商城遗址出土的粗绳纹图案瓦，更是在3600年前。夏商周三代，不仅有精美的平瓦、筒瓦、瓦当，还有了画像砖、滴水、子母砖、琉璃瓦，而同时期的欧洲、埃及只有石头建筑。

　　中国古代完整的砖石建筑体系缔造了无数名城大邑、集镇村落，宫殿楼阁、道观佛塔，以及北方的四合院，江南的马头墙。建筑是凝固的音乐，而砖瓦是活跃的音符，立而威武，卧而平直，展翅欲飞。不惧严寒酷暑，勤于负重，永不变色。它的威严的震撼力和一砖一瓦的团结精神，表现了旺盛的生命力和力与美融合的艺术价值。有人说堪与指南针、造纸、印刷术、火药媲美，是中国的"第五大发明"，并不为过。中国历史上不乏制砖技术专著，比如北宋元符三年（1100年）李诫的《营造法式》，第15篇就是"砖作制度"。明崇祯十年（1637年）宋应星的《天工开物》也对砖瓦制造技术进行了大量详细的文字描述。

　　民国以来，军阀战争、抗日战争、解放战争，连年不断，农民无力修房盖房，居住以土房为主。新中国成立后，农村经济恢复，不少人家的房屋更新换代。村政府在村北老窑旁边，筑起一座新的马蹄窑。因为烧窑技术失传，从山东临清请来一位姓张的把式。临清烧砖有名，后来看明十三陵和八达岭长城，砖上都有"山东临清制作"字样。一位叔叔在窑上脱坯，我常跑去玩耍，耳濡目染，知道了一些烧窑的工序，烧结砖喜欢黏土，就地取土，人和泥，手扣坯。把和好的泥和湿土填进模子里，用石杵夯实成坯，摆起坯垛晾晒，风干到一定程度，装窑焙烧。窑体圆锥形，壁厚三尺，砖室有一两间房子大，能装一两万块砖坯。装窑有讲究，俗话说：七分码，三分烧。砖与砖间距离，底层大，越往上越小，保证烟火畅通。烧窑的燃料，原来用木柴，后来改烧煤炭。窑体旁边留一个火道，用来加煤。

点火以后，要控制火候。开始慢慢预热，"小铲勤添"。24小时后加大火力，"大铲不让"，窑室温度一路攀升，最后到960摄氏度，烧够36小时，停火闷窑24小时。等到全部冷却后才能出窑。优质砖里外烧透，红得发亮，硬如石块。烧不好，砖皮发黄，易裂易酥，甚至出现黑头、"琉璃"。烧结砖是红色，常见的青砖还要另加一道还原工序，停火后从窑顶往下慢慢淋水，叫作洇砖，一天后红砖就变成青色。过去重要建筑，讲究的宅院，喜欢"青堂瓦舍"，显得庄重。青砖比红砖贵，老百姓图便宜，一般用红砖，红砖房看上去火爆，喜气洋洋。

临清的张把式在我们村干了十几年，十几年村庄变了模样，土黄黄变成了红艳艳。张把式工作兢兢业业，做人规规矩矩，很受乡亲们喜欢，后来落了户，娶妻生子。想不到粗线条"四清"，清理阶级队伍被揪出来，说他是逃亡地主，怀疑他是国民党北平市长张自忠的族人，押送老家批斗去了。几年后样板戏《龙江颂》，也有个烧窑师傅，坏分子黄国忠，"从后山跑到龙江村，隐藏了十几年"，跳出来搞破坏。乡亲们知道我写剧本，还以为是我提供的材料。

西方人烧结砖比我们晚了两千年，都是石头城堡石头村。后来从中国引进烧砖技术，1858年德国人霍夫曼发明了轮窑，成批量连续生产。1953年苏联专家把大砖场、大烟囱带进中国，后来又发展为隧道窑焙烧，砖产量大幅度提高。由于经济发展进入快车道，房地产如火如荼，2006年我国生产红砖8400亿块，同年美国生产91亿块。比起外国砖，中国的黏土烧结砖有很多优点，抗辐射抗静电没污染。旧砖粉碎，还原为土，是绿色的建材。符合"人不欺天，万物和谐"的生态观。一位西方哲人说："罗马帝国死去了，科学技术发展着。巨石文化消亡了，砖瓦却振兴着。"

烧　锅

酒是人类文化的结晶，一滴美酒可以折射一个五彩缤纷的大千世界，一滴美酒可以反映一个博大精深的华夏文明。世界上没有任何一种饮品像酒那样深入千家万户，雅俗共赏。但是对酒的功与过，历来看法不一。晋朝刘伯伦写了《酒德颂》，传诵于世。同时也有庾阐的《断酒诫》，针锋相对。刘备、曹操都下过禁酒令，孔融再三据理力争，被曹操借故杀掉。孔文举不识时务，汉末以来连年混战，水旱蝗灾，民不聊生，哪能浪费大量粮食造酒？民国以来到解放战争，时局有些相似，虽说没有下禁酒令，但冀南一带酒坊几近绝迹，因为造1斤白酒需要3斤红高粱。

高粱最早种植于四川，故名蜀黍，古书上称"秫"。大概在晋朝时传到北方，至今我的家乡还称高粱秆为"秫秸"。高粱因为耐旱、抗涝，被称作"铁杆庄稼"，我记事时种植面积占1/3亩地。新中国成立初经济恢复，农民安居乐业，丰衣足食，生活味道最需要的是酒。1950年立冬那天，村里传来一个爆炸的消息，高家烧锅又开张了。高家酒坊的二锅头，拥有大批酒迷。那时多年经济封锁，没听说过茅台、五粮液，高家二锅头可与宁晋"泥坑"、大名"滴溜"媲美。

在噼里啪啦的鞭炮声和纷纷扬扬的纸屑里，我们几个孩子来到十字街南路东的高家大院。大门上楹联是"刘伶借问谁家好，李白还言此处香"。二门楹联是"座上不是豪杰客，门前常扶醉人归"。院里摆开几张八仙桌，招待乡村干部和头面人物。还举行了乡饮仪式：迎宾、三揖、三让、拜前、拜后，然后按辈分入座。大家捧起久违之物，格外亲昵，三杯下肚，个个激情燃烧。这边桌上吟诗："万般明珠一坛收，王侯将相都低头。双手抱着朝天竹，吸进黄河水倒流。""刀不能剪心愁，锥不能解长结；线不能穿泪珠，火不能销鬓雪，不如饮此神圣杯，万念千忧一时歇。"前者是民歌，后者是白居易的诗句。那边桌上传酒令：孔融开尊第一、曹参歌唱第二、郑虔高歌第三、子美骑驴第四……我们听不大懂，就进后院看热闹。

酿酒听起来很神秘，看起来颇简单，好像家常便饭，与红白事蒸馒头架势差不多。厦子下一口大锅，架上箅子，箅子上堆放酒醅。粉碎的高粱米加上大曲，五与一的比例，煮烂闷在缸里。等到表面长白毛，下边咕嘟起泡，糖化和发酵充分，疏松适度，熟而不黏。掏出来加辅料，麦糠、谷皮、高粱壳，搅拌均匀，捏成团状物，就是酒醅。酒醅上罩大柏木桶，四尺高。桶上再坐个锅，周围用锅圈密封。灶膛里生火，大锅里水汽和酒醅蒸汽上升，遇凉水锅底冷却液化，顺柏木桶侧面插进的水管流出，接下的液体就是酒。首尾含的酒精度小，味淡。中间的度数高，叫二锅头。高粱壳含有一种化学成分叫单宁，发酵后赋予白酒一种特殊的香味，是高粱酒的特色。酒曲是酿造酒的动力，用小麦、大麦、豌豆为原料，粉碎掺水，踩踏成泥，放在洁净的模子里制成曲坯，放在曲房里培养。高家作坊的曲房在西屋，门窗紧闭，又加上棉帘，据说屋里还生着火，提高温度。曲坯从原料、水、空气和工具里吸收微生物，主要是曲霉素、根霉素和酵母菌，大量排列就成为酒曲。酒曲应该是黄色的，发黑就不好用了。

这种发酵、蒸馏法制成的酒，叫蒸馏酒，因为无色透明又叫白酒，因为大锅烧制又叫烧酒。李时珍在《本草纲目》中说："烧酒，非古法也，自元时始创其法。"陶渊明、李白喝的不是白酒，是用粮食酿制的黄酒。尽管李白有"白酒新熟山中归"，白居易有"烧酒初开琥珀香"等诗句，但是还没有发掘的实物证明，目前最早的还是承德出土的金代青铜蒸馏器。

高家二锅头属于清香型，莹澈透明，清香馥郁，入口香绵甜润、醇厚、爽洌，回味悠长。酒度虽六十，但酒力强劲而无刺激性，令饮者心旷神怡。一家烧锅兴奋了一方农村，以烧锅为中心带动了一批饭馆，三家打锡壶的，集市扩大了一倍。从前不喝冷酒，以锡壶装酒，倒一点出来点着火苗温酒，以蓝火头评论酒的醇度。

围绕着高家烧锅产生了一批歌谣。"酒是高粱水儿，醉人先醉腿儿。""二两酒，漱漱口。半斤酒，热热头。一斤酒，照样走。二斤酒，墙走我不走。""酒是喝饭精，越喝越年轻。酒是滏河水，越喝脸越美。你不醉来我不醉，这么宽的大街谁来睡。"同时也产生了一批笑话。比如：某某喝多了，回家摸进猪圈里，躺在老母猪身边说："老婆，给我倒碗水。"听母猪哼了一声，说："不倒就不倒，还撒什么娇。"随手在母猪身上一划拉，摸着乳头说："又添了一件大袄，还是双排扣。"比如：公子村父子俩嗜酒如命，买了一坛酒抬着回家，跌了一跤酒坛摔碎，酒洒在地上。父亲急忙用舌头舔，边舔边催儿子："还不快喝，难道还等下酒菜吗？"比如，某某醉后回家，老婆见他要吐，端来尿盆。酒鬼笑了说："怎么小杯换成大碗了。"正说着，小儿子起来撒尿，听到哗哗声，急忙摆手说："怎么还倒，我再重复一遍，谁倒谁喝，谁倒谁喝！"

孟铁匠

人的作息时间大致分两类，晚睡晚起，夜猫子型；早睡早起，百灵鸟型。我属于后者，有事没事凌晨四五点准醒，习惯自幼养成。对门一家铁匠铺，天天闻鸡起舞，叮叮当当。可是村里人并不烦，因为在农耕时代它是村里唯一的"重工业"，大到水车、犁铧，小到斧头、镰刀，甚至炒菜的锅铲，纺棉花的锭子，制造修理都要出自他们之手，一个铁匠千家求。

铁匠铺在临街一间厦子，三面有墙，一面透风，是个热闹去处，人来人往，特别冬闲，人们日日在此扎堆聊天。我也是那里的常客，放学或下地回来，经常去凑热闹。老铁匠姓孟，火镰石一样黑亮的国字脸，眉弓和颧骨凹陷处，一双放光的眼睛，颌边嘴旁胡须丛生，那形象如同京剧《风尘三侠》中的虬髯客，《野猪林》中的鲁智深。大人说他爷爷曾是赵三多的"十八魁"之一，专门为义和团打造刀枪，失败后隐姓埋名从威县来到这里，共产党来了才敢姓孟。孟师傅有两个儿子，都是虎背熊腰的汉子。土改时分地他不要，以打铁为生。

铁匠铺供奉太上老君，传说是他们的祖师爷。祖师爷打铁不用钳子、锤子，也没有砧子、风箱，"拳头打铁嘴吹风"。祖师爷在外面打铁，一天换个地方，不让祖师奶奶知道。一次祖师奶奶找到了，只见祖师爷正光着膀子，鼓着腮帮，坐在炉前，左手捏起烧红的铁块，放在自己膝盖上，右手握成拳头，一边吹气一边锤打。祖师奶奶怕烧坏了他，惊叫起来，太上老君走了神儿。只听刺啦一声，膝盖烧煳了，手也烧疼了，老君对着铁块说："你烫我一层皮，我打掉你千层衣。"从此打铁有了新工序，不断有铁屑脱落。

孟师傅一家四口，老头掌钳，两个儿子抡大锤，老伴儿拉风箱兼做饭。打铁的一年到头吃小米干饭，不光是吃了长力气，还图省时间。老铁匠个子大，炉台垒得高，炉口用胶泥和坩子土烧成，燃料是烟煤，俗称炭。大风箱三尺长，风力大。孟师傅左手拿钳，把烧好的铁坯放在砧子上，右手敲着小锤，起指挥作用，指哪儿打哪儿。小锤走，大锤赶；小锤停，大锤站；小锤快，大锤欢；小锤慢，大锤蔫。锤声叮当，火星四溅。只见老铁匠，腰系油布，鞋蒙麻片，锤起锤落，手舞足蹈，好像火线上大将军一样威武。身经百战后，油布被火星烧得百孔千疮。经常有火热的铁屑落在肉皮上，留下了许多疤痕。

打铁的材料叫"笨铁"，是一种低型号钢材，通常在32号以下。板材打铡刀、锄头、铁锨，条钢打铁耙、铁叉、粪钩。耐磨的链、轴和刀刃，需要用"洋铁"，高标号钢材，45号以上。短小的镰刀一火打成，三尺长的铡刀，要分段儿锻打。用刃的家什要加钢，笨铁的前端加一点儿洋铁，好钢用在刀刃上。锄头镰刀直接贴上锻打，叫明钢。打铡刀在笨铁上开槽，把洋铁夹进去打出刃，叫夹钢。

打铁的技术在看火候。铁坯放在炉火上，用盖瓦罩上。炉火慢慢升温，直到1200摄氏度。温度不到打不动，过火又容易烧化。"铁发红，用炭蒙；铁发白，拉出来"。把炽白的铁坯夹出，放在砧子上，趁热打铁。一件农具要反复锻打四五次才能成功。加钢的关键是沾火，又叫淬火。把炉中夹出的铁件，突然放在凉水里冷却，使锋刃定型坚硬。精细产品，如菜刀、剪刀、剃头刀，在油里淬火，锋刃坚韧。淬火的成色，通常与掌钳师傅的性格有关。性急的打出的刀易崩，性慢的打出的刀发钝。孟铁匠力大心细，刚柔相济，打出的家什经久耐用。他打的镰刀，号称"猛一摸"，是著名品牌。用手轻轻一摸刀刃，就知道是好钢口，畅销冀南十八县。

说话到了1958年，大炼钢铁，元帅升帐。村村户户收集废铁，交上去炼钢。公社设了擂台，各大队民兵连比武交铁。民间没有多少废铁，就收缴铁制用品。我们村民兵连长是个二百五，挨门挨户，又砸又抢，连门吊秤钩也不放过。二百五说："我就是个吸铁石，连一根洋针也不许丢下。"可是公社打擂还差一点儿。他把脑门儿一拍，想起了铁匠铺，把砧子、锤子、钳子统统收缴，就能争到个先锋官。他爹出来阻拦，说你别缺德了，没了铁匠炉，你用手割麦子头拱地。二百五胳膊一扬，把他爹放了个跟头，带一帮民兵来到铁匠铺，按孟铁匠以往的性子，准得来个《打渔杀家》，没想到这一次他忍了，说我可以关门，去种地，可是善门难闭也难开。再若求我，得五花大绑，当众磕三个响头。没多久，钢铁元帅下马，二百五他爹绑着儿子负荆请罪，当众给孟师傅磕了三个响头，民兵连长也被罢免了。当时孟铁匠自知是外乡人，光棍儿不吃眼前亏。别人不知他家有两套打铁的家伙，收走一套，还留一套，埋在地下。第二天就点火开张，铁匠铺又叮叮当当起来。

我喜欢戏剧，以往没见过反映铁匠生活的剧目。1966年初河北省中小戏会演，石家庄丝弦剧团拿出了《打铁》，与我写的丝弦剧《轰鸡》前后演出。同是丝弦，石家庄属北路，邢台是南路。《打铁》表现夫妻二人劳动场面，来自生活，生动活泼，戏剧冲突和舞台调度，与延安时期马健翎写的《十二把镰刀》相似，但是剧情更紧凑，丝弦的曲牌"跌落金钱"也比陕北秧歌的"岗调"更欢快。看戏时自然想起了家乡的铁匠铺。

乔木匠

我们村原来没木匠，盖房架屋，攒车插耙，过喜事的桌椅箱柜，都要出村请人，就连屁股下的小板凳也要赶集去买。1960年大饥荒，连续死人，镇上棺材铺都卖空了，乔三伯死尸停在床上入不了殓。三伯家小子乔其，差两个月高中毕业，文凭也不要了，发誓要当村里第一个木匠。

乔其诚心拜师学艺，邻村的木匠串通起来拒绝他。这个说："我不识字，做活儿是糊里巴涂。"那个说："就那么回事，一个人一个做法。"同行是冤家，他们生怕增加一个对手，失掉我村这块地盘。乔其回家，在鲁班神码前长跪不起。说也奇怪，爬起来看祖师爷眼珠上下左右转动，好像说这屋里七梁八柱、桌椅板凳不都是你师傅吗？乔其顿悟，把屋里的家什们拆了攒，攒了拆，明白了许多结构、机理。后来天赐良机，有一位山东木匠云游到村，乔其把他请到家里奉为上宾，省下的鸡蛋白面孝敬不已。跑单帮的木匠，一次性路过，没有什么忌讳，收下他这位徒弟。乔其刨下院里所有的树木，请师傅示范，手把手地教。

山东木匠看他心诚，肚里的玩意儿全盘托出。随着十几件不同样品依次出笼，乔其的木活儿学了个大半，剩下来就是自己勤学苦练了。

木匠活儿主要是推、砍、拉、凿几门功课。推是把木板刨平拼接，刨子有多种。2尺长的缝刨用于刨光走平，8寸长的"二虎头"吃木头快，3寸长的净刨用于去掉毛刺。还有滚刨、槽刨，分别用来平凹、开槽、制造花纹。砍是斧、锛功夫。斧子竖刃短把，木匠的斧子一面砍，砍出的角，一面垂直一面斜线。锛是横刃长把，用来除去树杈、疤节。拉是锯工，截断圆木用"过江龙"，只有锯条没有横梁，破粗大木头还要搭脚手架，一人在上一人在下，拉锯扯锯。常用的手锯一尺多长，轻便灵活。细锯锯条很窄，用来造牙子。锯一条钢丝，用来刻画圆或弧。凿子制造凸凹相接部分，凸出的叫榫，凹进去的为卯，公母结合。凿子按榫卯长短，有4分、3分、2分、1分几种，8分凿子1英寸宽，专门用来打造马车、独轮车。大的领域又分软硬两类，硬木作一般指室外活儿，盖房、打车、造船。软木作通常是室内活儿，家具、农具什么的。

乔其敬业，又把高中学过的几何、三角用上，进展神速。一次在邢台新华书店，买了一本李瑞环著的《木工简易计算》，如获至宝，对放大样，找数据非常有用。乔木匠的活儿又快又好，成为一方名人。加上他不保守，乐于助人，许多人上门拜师，对各村的木匠形成巨大威胁。他们联合起来对付他，下战表在县礼堂前搞擂台赛，推举全县资深木匠，要制服乔其这个后生晚辈。

上午比赛砍楔子。秀才看帖儿，木匠看楔儿。老木匠叫人拿来一条板凳，上面一个榫儿松动，卯眼儿露出一空隙，造成板凳晃动不稳。他取来巴掌大一块木板，瞟了一眼，举起斧头，一横一竖一斜，三斧劈出来一个楔子，砸进去长短大小正好，围观者一片喝彩。轮到乔其出场，从兜里掏出一把杏核，让对方挑出最结实的一颗。只见他脱下鞋袜，踩在大脚趾下面。伸手向徒弟要了一把锛，手起锛落，正好把脚下杏核一劈两半，连里边的杏仁也分成两半，场上欢呼雷动。下午比试木匠全活儿，老木匠麻利地拼接出一块木板，让外行人找不到接缝儿。请人用大锤猛砸，木板从旁边裂开，鳔胶接缝儿纹丝不动。乔其要到晚上表演，把礼堂的一间卖票处腾得一干二净，连一块砖头都不剩，门窗用黑布遮上。晚饭后关了电闸灭了灯，乔其左胳膊夹3尺长1尺宽一块木板，手里拿一条板凳。右手拿着锯、刨、凿、鳔胶，在对方一人陪伴下走进黑屋里。50分钟后，他在屋里吆喝一声，推闸拉灯，只见一堆刨花、锯末簇拥着一个白茬儿梳妆盒，棱角直正，榫卯均匀，严丝合缝，像变戏法一样让所有的人都目瞪口呆。灯光下微笑着的乔其，头部棱角分明，鼻梁像画的线一样笔直，可能长期吊线形成的，一只眼大一只眼小，但是目光像斧刃一样雪亮。

擂台赛后乔木匠名声大震，上门请做活儿的人排成队，都以拥有一件他做的家具为荣。腊月一天，镇上棺材铺掌柜他爹死了，上门缠磨了3天，乔木匠答应了，但是言明只当掌作，指挥徒弟干活儿。掌柜的摆阔气，要做红松浑六六，棺材盖、厢、底板都要6寸，3块板相接，有弧度。乔木匠只管在客厅喝酒，徒弟们在外边场院动手。快晌午出来监工，坏了，两块厢板做成一顺的了，因为有弧度，就像买了顺脚鞋，传出去要丢人。乔木匠急中生智，打发徒弟们去吃饭，趁场院没人，点着刨花，又加上自己的棉袄，把一块厢板烧煳了一片，回头跟掌柜的说，天太冷徒弟们烤火，不留神烧煳了一块厢板，为了美观，重做一块，糊弄过去了。

一般棺材，盖板和厢板连接用枣核钉，入殓后用铁锤砸上。棺材铺掌柜要求用榫卯连接，厢板开凿通体燕尾卯，盖板留通体燕尾榫，入殓后平推过去，凸凹吻合。乔木匠一看又坏了，卯大榫小，后边一推，盖板会从前边滑下。乔木匠又计上心来，嘱咐后边人假装用力推，前边人明拽实挡，这一关又过去了，皆大欢喜。送殡的人出发了，木匠留下喝酒。徒弟们夸耀师傅真神了，乔木匠却真的拉下脸来，每人罚1个月工钱，管教不严，自罚3个月。

小炉匠

早年看小说《林海雪原》和京剧《智取威虎山》，把小炉匠写成坏人，心里愤愤不平。因为从小形成的印象，他们是好人、能人，穷人的朋友。"七十二行"中他们是最受欢迎者之一。挑着担子走街串巷，边走边喊："锔盆锔碗呗——箍簸锅来——"

记得6岁那年，东院奶奶过生日，包的南瓜馅饺子，送给我一碗。我抱着碗往家跑，跟娘一块吃。只顾高兴忘了看道，被门槛绊了一跤，饺子撒了一地，奶奶的白瓷碗也摔成两半，吓得哭起来。母亲闻声赶到，饺子脏了事小，碗摔了事大。那时人穷，谁家也没多余的碗，急得举手要打，看到我吓得可怜巴巴的，又把手放下，反倒哄起我来。捡起地上的饺子，用嘴吹吹，用水冲冲，送到我嘴里。再拿起瓷碗看看，也并非第一次打破，已经锔过两次了。对我说，等小炉匠过来，锔锔就是了，奶奶也不会怪你的。

第二天果然听到门外吆喝："锔盆锔碗呗——箍簸锅来——"母亲出门叫住小炉匠。小炉匠放下担子，一头是锔碗的小橱，一头是补锅的小炉。锔碗是小活儿，工序较简单。先把碗片对好茬口，然后取出几枚锔子含在嘴里。锔子是铜质的，像订书钉，只是宽了两三倍，两头尖尖。然后拿起钻具，形似木匠的手钻，缩小了一些。一手把住立柱，柱端是金刚钻。一手拉弓，弓弦缠在柱上，反复左右拉弓，钻头刺进瓷体，冒出粉末。吹去粉末，露出细小钻眼儿。钻眼儿在接茬两边，两两相对。最后把锔尖安进钻眼儿，用小铜锤轻轻砸实，再抹上一点油灰，大功告成。活儿干得麻利，锔子间距匀称，好像上衣上一排对襟扣眉儿。看上去不是修补，而是一种镶嵌艺术。

我把一只完整的瓷碗送还奶奶，从此便对小炉匠心存感激。平时留神谁家有破损家什，便推荐给小炉匠。小炉匠可能了，小到茶壶茶碗，大到盆盆罐罐大缸大瓮，都可以锔好。锔缸锔瓮的钻具更大一些。箍戮锅工序复杂一些。那时候没有铝锅钢锅，农家都用生铁（铸铁）锅。铁锅损坏有两种，一是碰破摔裂，也用锔子锔上。一种是铸造时掺进了沙子，平时无碍，一旦锅铲把沙子碰去，露出沙眼儿，便会漏汤漏油。补锅时先用细锉把沙眼儿锉出新茬，然后用一种铁耙子，形似铆钉，钉头是一个熟铁片，钉销很短，穿过沙眼儿，里外都用铜锤砸实调平，锅就补好能用了。

　　小炉匠也信神，小橱盖上贴着神码，一个白胡子老头，是土地神。有一出民间歌舞《锔大缸》，就是对小炉匠的颂歌。开篇唱词是："锔盆锔碗锔大缸，挑起担子走四方。今天不到别处去哎，行走要到王家庄。王家庄有个王员外，王员外有个王大娘……"王大娘是旱魃变的老妪，专在人间作乱，被巨灵神追捕。王大娘取死人噎食罐化作黄瓷缸，以抵御巨灵神的雷殛。打斗中缸被巨灵神击裂，觅人修补。观音乃遣土地神变作小炉匠，假作补缸，故意将其打破。旱魃发怒，正欲加害小炉匠，最后被观音请来的天兵天将除掉。故事出自《钵中莲》传奇。京剧也有一出《锔大缸》，又名《百草山》。20世纪40年代，京剧不景气，翁偶虹举办"大合作戏"，"以戏为中心，按戏邀演员"，推出旦角戏"巾帼十绝"。女主角排列顺序从一至十，争芳斗艳，依次是谷玉兰饰王大娘《锔大缸》，孙二娘《十字坡》，李三娘《白兔记》，张四姐《摇钱树》，虞五凤《霸王别姬》，三三巧（双演）《珍珠衫》，崔七娘《梅花剑》，杨八姐《黄花园》，巴九奶奶《刺巴杰》，荀慧生《杜十娘》。梨园盛世，轰动北平，着实让京剧火了一把。《锔大缸》作为十绝之首，得到了推广。

　　北方的小炉匠，十有八九出自邯郸地区武安县。那里村村都有小炉匠，人人会唱《锔大缸》，有其历史原因。武安是瓷山文化发祥地，境内冶陶是中国炼铁最早的地方，至今保留着古人制陶冶铁的大量遗迹，所以武安出小炉匠便顺理成章了。作为古代文化的活化石武安傩戏，演员手中就挥舞瓷瓶铁杆。明、清兴起的地方戏武安落子，许多剧目中有小炉匠的形象。武安的小炉匠，一副担子走遍全国，浑身本事无所不能。传说慈禧太后有一把心爱的邢瓷白玉壶不小心摔坏了，请来武安的小炉匠。修补得天衣无缝，一行锔子设计得美如竹叶。新中国成立初期，鞍山一座年产10万吨的炼铁炉开裂，请来许多专家都说没治。最后一位武安小炉匠应征，用锔盆锔碗箍戮锅的办法，给高炉打上一行锔子，问题就解决了。小炉匠常说的一句话是："没有金刚钻，敢揽瓷器活！"

杂牌车

诸葛亮制成了木牛流马，却没能演化为代步工具。一千多年后俄国人发明了自行车，这个人想象力丰富。四轮车古已有之，两个轮前后串连，就别出心裁了。自行车简便实用，迅速风靡世界，英国的"凤头"、日本的"僧帽"是国际名牌，像现在的"宝马""丰田"汽车。不过自行车传到中国，已经是清朝末年了。

我生在穷乡僻壤，孤陋寡闻。对于自行车，10岁前没见过，20岁前没骑过。大学二年级，班里有位天津同学，推来一辆自行车，农村出来的学生排着队，跟自行车"摔跤"。轮到我推到校门外卫津路上，人高腿长，上去下不来，不会转弯，不会捏闸，自行车像脱缰的野马，眼看要撞着人了，急中生智冲向一根电线杆，两手抱住，"野马"跌进卫津河里。

1962年毕业到邢台县工作，过惯了"出无车吃无鱼"的生活，第二天步行一百多里下乡去。当时交通落后，全县只有一辆美国吉普，一辆解放牌卡车。开现场会，书记坐吉普，常委坐卡车，县干部一半"骑兵"一半"步兵"。邢台是个大县，东西200（里），南北80（里）。干部们常年下乡，急需自行车。我开始坐"二等"，看前面的骑车人体质不好，浑身冒汗，不落忍，也想买辆自行车。

新中国成立初期，全国只有上（海）青（岛）天（津）3个自行车厂，上海的"永久""凤凰"，天津的"飞鸽""红旗"，青岛的"金鹿"，倒蹬闸。一辆"永久""飞鸽"160多元，我第一年试用期每月46元，买一辆新车，不吃不喝也得四五个月的薪水，姐夫说花钱攒一辆吧。自行车的结构是四个三角两个圆，主要零件是车架、前叉、车把、前后轴、中轴、脚蹬、飞轮、前后轮、链条、鞍座、前后闸。这些零件都可以买到，花40多元就组装出一辆二八的杂牌车。头几天吱吱扭扭老出毛病，过了磨合期就可上路了。

有了自己的坐骑，乘兴下乡，杨柳列队，禾浪起伏，眼前的目标一个个被甩到身后，真有骑马出征的感觉。"来时欲尽金河道，猎猎轻风在碧蹄"（唐·张仲素）。县干部没有宿舍，自行车尾架上带着行李，到哪哪是家。有时做中心工作，集体出发，自行车队一字排开，如同雁阵，"节花月底寄秋情，陈影南飞劳不停，一画写开湘水碧，数行草破楚天青"（元·谢宗可）。

三两个月下来，车人合一，形影不离。尽管是"杂牌"，也愿意把它打扮得漂漂亮亮。一有空就给它相面，这儿擦擦那儿摸摸，车把、车圈擦得锃明瓦亮，能照见人影。发现一个锈点，就像自己脸上长了雀斑一样，涂机油抹牙膏，不除去睡不安稳。车身上油打蜡，一尘不染。有时过河沟，怕泥水沾污，不惜扛车过去，让车骑我。同事笑话："怪不得你搞不上对象，爱车爱得太专一了，姑娘们进不了你的视线。"

一分钱一分货，图贱买老牛，杂牌车毕竟靠不住，不久就出了问题。一次我从大贾乡回来，一路下坡，还有一处40度陡坡，车闸忽然失灵，后闸松不制动，前闸紧又收不回。马失前蹄，人仰车翻，栽到沟里，擦擦脸上的血，一瘸一拐站起来，只见前车圈拧成了麻花，钢珠撒了一地。前不着村后不着店，找不到修车的，又让伤车骑了我十几里地。

杂牌车也有好处，能把骑车人培养成修车人。经常拆拆卸卸，懂得了车的结构、原理，更是产生了兴趣。新车变旧车，前梁上绑个打气筒，横梁上挂个工具袋，装有花扳、改锥、钳子、剪子、胶皮、胶水、气门芯、黄油、钢珠等，工欲善其事，必先利其器。

经常用的修理活儿之一是补胎。钉子扎破胎，先卸下外胎，再扯出内胎，打上气放进水盆里，冒气泡处就是伤口。用钢锉锉出新茬，剪一块胶皮，抹上胶水，补在患处，用手压一会儿，胎补好了，10分钟就可重新上路。

之二是换钢珠。自行车浑身滚珠轴承，前后轴、中轴、前叉子、脚蹬都有珠碗。听到杂音就要换珠子，不然残珠就会把轴承啃坏。挑出残珠，换上新珠，排列整齐，再以黄油固定，就完成了保养。

之三是拿龙。邢台县是山区，道路崎岖坑洼不平，一百多斤体重压在车轱辘上，着力不均，车圈就会变形失圆。毛病在同一平面上好办，调整辐条，松的紧紧，紧的松松，反复调试，车圈就会恢复滚圆，这套活儿叫拿龙。车圈要是扭曲，脱离了平面，就叫实龙。实龙光靠调辐条还不行，需要送交修车铺，"重刑伺候"，才能矫正过来。自行车多了，修车的也多了，有的开铺子，有的在马路边，不比饭馆少。

骑了几年车，跑了几年山路，使我懂得了，人生也是一辆自行车，需要经常保养，不断膏油，不断拿龙。

原载《中国作家》2010年第3期

阿勒泰的角落·羊道

李 娟

每天一次的激烈相会

羊群远离广阔荒凉的南戈壁是多么幸福的事情！渡过乌伦古河后，它们将会在额尔齐斯河南岸温暖的丘陵地带停留整整一个月的时间。四月的季节里，阿尔泰山南麓春牧场的青草刚刚冒出头，羊在大地上深埋脸庞，仔细地啃食眼前的一抹淡淡绿意，缓缓移动。很久很久后它抬起头，发现自己在这寂静空旷的群山中是孤零零的一个——不知从什么时候失群了。它四处寻找伙伴，又爬上光秃秃的山巅，站在悬崖四面眺望。大地起伏动荡，茫茫无涯。后来时间到了，它开始生产。新出生的羊羔发现自己也是孤零零的一个，它站在广阔的东风中，一身的水汽吹干后，陡然长大了许多。母亲带着孩子没日没夜在群山间流浪，有羊群远远经过时，就停下冲那边长久张望、呼唤。不是自己的伙伴，仍然不是。

而前去找羊的骑马人在半途遇上了沙尘暴，昏天暗地。他策马在风沙中一寸一寸摸索行进，直到马再也不愿意往前走一步。满天满地都是风的轰鸣声，世界摇摇欲坠。他下了马牵着缰绳顺着山脚艰难顶风而行，实在走不动了时，便侧过脸靠在石壁上勉强撑住身子。一低头，他看到脚边深深的石缝里有四只明亮温柔的眼睛。

告别寒冷空旷的冬牧场应该是快乐的事吧？做一只春羔看上去也是那么幸福，能够降生在温暖又干燥的春牧场的话，白天里被太阳烤得热烘烘的，柔软的小卷毛喜悦地蓬松着，黑眼睛那么的美，那么的宁静。夜里则和小朋友们挤在一起，紧紧蜷着身子，沉入平安的睡眠中深深地、浓黏地成长。不远处的星空下，母亲静默跪卧着，头朝东方，等待天亮。

卡西家养了一群花里胡哨的羊，赶羊的时候，远远看去跟赶着一群熊猫似的。

其实，大羊们都还很正常，都是纯种的阿勒泰大尾羊，不是浅褐色，就是深棕色的。但是小羊们……就很奇怪了。

共200来只羊，大羊约120只，小羊70多只。在小羊中，有1/2是白色羊，1/4黑色羊，剩下的1/4是棕褐色羊。其中白色羊里有1/5长着黑屁股；1/5则半边屁股黑半边屁股白；剩下1/5是奶牛；1/5是熊猫；最后的1/5里黑脖子与黑额头的大略对半。至于黑羊，约有一半戴了白帽子；剩下的一半中，又有一半是阴阳身子，前半截漆黑，后半截雪白（像嫁接的一样）；其他的则全是小白脸。而花哨得最为离奇的则是那群棕褐色的羊羔——有褐身子白腿的，有浑身褐色四个小蹄子却是黑色的（像穿了黑皮鞋），有深色脚踝上绕了一圈浅色毛（像缠了一圈创可贴）；另外还有三条腿是深色，一条腿是浅色的；有的浑身都没什么问题，就是脖子上系了根雪白的餐巾——相当标准的倒三角形；还有的屁股上被谁踢了两脚似的印着两团脚印形状的深色斑块；还有的浑身纯褐色毛，就后腿两个小膝盖上两小撮耀眼的白毛；更多的则干脆被人拿排刷蘸了颜料左一笔右一笔胡乱涂抹过一通似的，花得毫无章法可言。

当一只安静的浅棕色羊妈妈幸福地哺乳一只黑白花的小羊羔时……一般来说，白羊生白羊，黑羊生黑羊，白羊和黑羊生黑白花羊。可是，棕色羊妈妈又是怎么生下黑白花的宝宝呢？

估计是品种改良的结果，传统地道的阿勒泰大尾羊越来越少了。

大羊和小羊一定要分开放牧的。可可在我家毡房驻扎的山坡东侧，用旧的房架子围搭了一个简易的羊圈，简单地蒙了些破毡片挡风。每天晚上只赶小羊入圈，大羊就会在羊圈外守着，一整夜一步也不离开。每天早上，得先把大羊赶走很远很远，一直远得一时片刻回不了家为止，这才把小羊放出来往相反的方向驱赶。大约中午时分，母亲们惦记着哺乳孩子，就会急急忙忙往家赶。而那时孩子也开始馋奶水了，不知不觉扭头走向来时的路。这样，母亲们和孩子们会在我们毡房外下方那片倾斜的巨大空地上会合。

当母亲们和孩子们会合——我第一次看到那种情形时，简直给吓坏了！目瞪口呆、双手空空地站在荒野中，简直无处藏身——发生什么事了？我骇得连连后退。群山震动，咩叫轰天！群羊奔跑的"踏踏"声震得脚下的大地都忽闪忽闪。尘土从相对的两座山顶弥漫开来，向低处滚滚奔腾。烟尘之中，每一个奔跑的身影都有准确的、毫不迟疑的目标，每一双眼睛都笔直地看到了孩子或母亲。不顾一切……整个山谷都为之晃动，如同已经离别了100年似的，惊狂的喜悦啊……

才开始，我还以为场面是失控了，以为它们预感到了某种即将暴发的自然灾害，以为在被什么大兽追赶，地震了吗？狼来了吗？吓得我大喊"妈妈"，又大喊"卡西帕"。但没人理我。两支羊群猛然撞合到一起后，母亲急步走向孩子，孩子奔向属于自己的乳房。遍野的呼喊声慢慢沉淀下去，尘土仍漫天飞扬。

最后只剩唯一的一个水淋淋的小嗓门仍在焦急地穿梭在烟尘沸腾的

羊群中。它的母亲昨夜刚刚死去。

我远远站在沼泽边的乱石堆里看着这一幕壮烈的相会，头盖骨快要被掀开一般，某种巨大的事物轰然通过身体。而身体微弱得像大风中的火苗。

这样的相会，尽管每天都会有一次，但每一次都如同一生中唯一的一次一般。

要过不好不坏的生活

虽然比起冬天来宽裕从容多了，但春天仍是紧紧巴巴的季节。好在天气强有力地持续温暖着，青草在马不停蹄地生长。水草不好，牛奶产量便不高，加之小牛们的陆续出生，我们的茶里很久都没添过牛奶了。日常生活中省去了一早一晚挤牛奶这项繁重劳动后，时光基本上算是很悠闲的。妈妈三天两头和阿勒玛罕姐姐约着去额河南岸的亲戚家串门拜访，家里只剩我和卡西带着两个根本不需要带的孩子看家。

就是这样的一天里，大人都不在家，一只黑色的羊羔死去了。

我问怎么死的。卡西淡淡地说不知道。

是啊，谁会知道呢？谁知道一只小羊羔最后时刻都感知到了什么样的痛苦呢？之前我们两个人都不在，两个孩子在小羊圈里发现了奄奄一息的它。他们把它抱到家门口，蹲在它的面前，目睹了它渐渐死去的全部过程。可是，他们什么也说不出来。等我们发现时，羊羔已经完全断气了。两个孩子抚摸着它，双手捧着它微睁着眼睛的小脑袋，捏着它的小蹄子拉啊扯啊的，冲它喃喃低语。那情景，与其说是在把它当成一件玩具来玩耍，不如说作为伙伴在安抚它。都过了很久以后，他俩仍围着小羊的尸体摆弄个不停，以为它很快会醒来。

我很难过，此时乳房胀满乳汁的羊妈妈肯定还不知道已经永远失去了宝宝，从今天黄昏到今后的很长一段时间里，它将不停地寻找它。

但卡西没那个闲心难过，她总是把自己搞成全家最忙碌的那一个。她开始准备打馕，面已经揉好，醒了一个多小时了。

我掐指一算，旧馕还有七八个，我们一家四口再吃三天才能吃得完。等把旧馕吃完了，此时打出来的新馕也相当遗憾地变成旧馕了。真是，为什么不再缓一两天呢？

新烤出来的热乎乎香喷喷的馕不吃，却一定要吃旧的，真是令人伤心。因为这样的话，生活中就一直只有旧馕可吃。

但再想一想，要是先吃新馕的话，当时是很享受啊，但旧馕怎么办呢？吃完新馕，旧馕就更坚硬更难下咽了，不吃的话又有浪费粮食的罪过。这好比把好的日子全透支了，剩下的全是不好的日子。但如果能忍住诱惑，就会始终过不好不坏的日子。

那为什么不边打新馕边吃呢？对游牧家庭来说，那样就很容易接不上茬。馕要边打边吃，不能统统吃完后临时再打。那样不但有可能会在平顺的日常生活中出现手忙脚乱的情景，若遇到来客的话更狼狈失措，让人笑话了——连现成的馕都没有，这日子怎么过成这样？这家女主人也太不会经营打理了！

馕一次性就要烤够三四天的，如有要招待客人的计划或搬家，则会一口气打得更多，避免一切突发情况。

在城里，街上卖的馕是用大桶状的馕坑烘烤出来的，打馕师傅全是男的，天大的一团面，只有男性的臂膀才揉得动。揉好面后扯下一小团面团抖啊抖啊，抖出中间带窝窝的圆形大饼，再沾上芝麻粒和碎洋葱粒，然后俯身馕坑边"啪"地贴在馕坑壁上。整个馕坑贴满面团后，就盖上大盖子烘烤。馕坑底部全是红红的煤炭。因为馕是竖起来烤的嘛，等取出后，便无一不略呈水滴状：一端薄一端厚。然后烤馕师傅轻松优美地给一个个馕表面抹上亮晶晶的清油，扔进摊子上小山似的馕堆里，就有人源源不断去买啦。

生活在城里的哈萨克人也大都是自己打馕的，家家户户的炉灶后都带有烤箱，饭做好了，馕饼也烤好了。因为烤箱是方的，因此馕也是方的，像书，像一部部厚嘟嘟黄艳艳的大部头。

在山野里烤馕的话，条件简陋多了。尽管条件有限，不好挑剔，但我还是对卡西烤的馕意见很大。

盛面团用的破锡盆之前一直扔在火坑边装牛粪的，前几天还用来装过垃圾呢。要早知道它的真正用途是这个，每天我都会把它擦得锃锃亮的。

自然了，这只用途广泛的锡盆看上去很脏。卡西为了让它干净一点儿，就翻过来在石头上磕了三下。然后直接把刚揉好的柔软洁白的新鲜面团扔了进去……

我以为她起码会用水浇一浇，再拿刷子抹布之类的用力擦洗。最次也得拾根小棍，把盆底的厚厚泥块刮去啊……

但我闭了嘴一声不吭，如此这般烤出来的馕都吃了那么长时间了，至少一次也没毒死过，连肚子疼都从没有过。

卡西先把牛粪堆点燃，烧一会儿后，把火堆扒开，将盛了面团的锡盆放到火堆中间烧烫的空地上，再把四周烧红的牛粪聚拢环贴着锡盆，最后在馕饼上盖一块皱皱巴巴的破铁皮——那是家里每天扫过地后用来铲垃圾的简易簸箕。这回她连磕都没磕一下，盖上去的一刹那，看到细密的土渣子从簸箕上自由地倾撒向雪白的面饼。

她又把少许烧着的牛粪放到铁皮上，因为方形的铁皮块实在太小，锡盆又太大，只能勉强在盆沿上搁稳，四面八方全是缝隙，因此牛粪渣子不时噼噼啦啦漏进盆里，牢牢地粘在雪白的面团上。

加之卡西不时地用炉钩揭开铁皮块看一眼下面的情形，于是场面更加杂乱吓人。

虽然惊恐，但站起身环顾四望时，我看到的是连绵起伏的荒山野岭，看到寂静空旷的天空中，一行大雁浩浩荡荡向西飞。与别的鸟儿不同，雁群到来的情景简直可以说是"波澜壮阔"的，挟着无比巨大而感人的力量一般。春天真的到来了。

放平视线，又看到我们孤独寂静的毡房，以及围裹着毡房的陈旧褐毡和褪色的花带子。再看看四下，看到野地里除了碎石、尘土、刚冒出头的青草茎和去年的干枯植被，再无一物。收回视线，又看到卡西蹲在锡盆边，浅黄色旧外套在这样的世界里是那么耀眼明亮，仅仅比火焰黯淡一些。看到死去的小羊静静横躺在不远处，胡安西兄弟俩已经对它失去了兴趣，两人又拾回小弓，追逐着不耐烦的老狗班班欢乐地游戏。最后再低头仔细地看，透过锡盆和铁皮之间的缝隙里，我看到面团一角已经镀上了最最美妙的食物才会呈现的金黄色。

这样的世界里会有什么样的脏东西呢？至少没有黑暗诡异的添加剂，没有塑料包装纸，没有漫长周折的运输过程。面粉、水和盐均匀地——如相拥熟睡一般——揉和在一起，然后一起与火相遇，在高温中芳香地一边绽放一边成熟。这荒野里会有什么肮脏的事物呢？不过全是泥土罢了，而无论什么都会变成泥土的。牛粪也罢，死去的小羊也罢。火焰会抚平一切差异。没有火焰的地方，会有更缓慢耐心的一种燃烧——那就是生长和死亡的过程，这个过程也在一点点降解着自然的突兀尖锐之处。

总之第一个馕非常圆满地成熟了，金黄的色泽分布均匀，香气喷鼻。卡西把它取出来时，像刚才磕盆那样在盆沿上也"哪哪哪"敲了三下，馕饼上粘嵌的烧煳的黑色颗粒哗哗啦啦统统掉了下来，然后再用抹布上上下下擦得油光发亮，最后端端正正地靠着红色的房架子立放一排——多么完美的食物啊，完美得像十五的月亮一样！浓烈而幸福的香气弥漫满室，进进出出都挣扎在这股子诱惑里，扯心扯肺。

可是慢慢地，随着馕的凉却，那味儿也慢慢往回收敛、退守，最后被紧紧地锁进了金黄色的外壳之中，只有掰开它，才能重新闻到那股香味儿了。

再等两天的话，那香味儿又会随着馕的渐渐发硬而藏得更深更远。只有缓慢认真地咀嚼才能触碰到——或是回想起——一点点……那种香气，就是那种当馕在最辉煌的时刻（刚刚出炉）所喷薄的暴发户似的喜难自胜的华美香气……啊，真是伤心。几乎从没吃过新鲜馕，却每天都得在新鲜馕的光芒照耀下耐心地啃食黯淡平凡的旧馕。——每到那时，我都会催促斯马胡力多吃点。赶紧吃完眼下的旧馕，就可以稍微领略一点点新馕完全成为旧馕之前的幸福滋味。可是，新馕因为好吃，大家都会吃得多，连我也能一口气吃掉一整个呢（直径30厘米，厚6厘米左右）。那样的话，天天马不停蹄地烤也不够吃啊。

陷入沼泽的马

每次背冰的时候，我背的还不到20公斤，而6岁的胡安西都能背七八公斤呢。可怜的卡西，背得最多，至少有30公斤。

我们扛着冰，翻过山回家，卡西汗流如瀑。融化的冰水浸透了她的整个腰部和裤子。

尽管四月正午的戈壁滩已经非常热了，我们出门背冰之前还是披了厚厚的羊皮坎肩，还把絮着厚厚的羊毛的大衣系在腰上。但每次回到家，肩上和屁股上还是会被冰水浸透。

扛着冰块翻山的时候，我腰都快要折断了，手指头紧紧地抠着勒在肩膀上的编织袋一角（上午拾牛粪用的也是这个袋子），也是快被勒断了似的生痛。但又不敢停下休息，冰在阳光下化得很快，水珠一串一串越流越欢，而家还远着呢。

小胡安西也一次都没休息，不过他家要近一点，向北穿过短短的山谷，拐个弯就到了。

下山的时候，下面山脚的小道上有一支驼队缓缓经过，我便停住了脚步，放下沉甸甸的冰块。

真不想让别人看到自己这个样子，多狼狈啊——头发蓬乱，气喘如牛，举步维艰。春日温暖的天气里还穿着羊皮坎肩，而且还湿了一大片。扛冰的那个难看样儿就更别提了，腰背弓成90度，梗着脖子努力往前看，每走一步都跟趔一下，老太太似的。

可是，停住不走反而更招人注意。马背上的人频频往我这边看，交头接耳，随行的狗也冲我直叫。总感觉驼队行进速度因此明显慢了下来，等了半天才总算全部走过去。冰化得一塌糊涂，地上湿了一大片。我以为这下会轻一些，结果一扛起来，腰照样还是弯成90度。

一路上地势越来越高，风越来越猛烈，呼啦啦的东南风畅通无阻地横贯天地。四面群山起伏，荒野空旷寂静，刚才那支驼队完全消失在道路拐弯处之后，立刻好像从来不曾在这个世界上出现过一样。

只有视野右边的山谷口三三两两停着一大群马。

我们出门时，它们正从南面山崖一侧跑下来，涌向那条狭窄山谷。那是我们平时捡牛粪的地方，分布着成片的小沼泽。当马群停在水边，分散饮水的时候，我和卡西还略略数了一下，有20多匹大马，其中约有一小半带着幼龄的小马驹，另外还有五六匹剪过鬃毛和尾巴的一龄马。

当时我还说："谁家的马群啊？这么有钱。"又说："卡西帕，我们家好穷！我们只有4匹马……"

此时，马群已经漫过沼泽，似乎准备离开，又像在等待什么。

卡西在前面突然停下来，居高临下看了一会儿，回头冲我大喊："看，马掉进去了！"

我低头冲山谷尽头一看，果然，隐约有一匹红母马在那里的黑泥浆中激烈地挣扎，已经陷到了大腿处，岂不知越挣扎就会陷得越深吗？

一匹瘦骨嶙峋的小马驹在旁边着急地蹦跳、嘶鸣，不能明白母亲发生了什么事。

我连忙放下冰块，说："下去看看吧！"

但是卡西不让，再这么耽搁下去，冰越化越快，多可惜啊。只好先背回家再说。

可回到家，却一个人也没有，妈妈和斯马胡力不知都到哪里去了。把冰块卸进敞口大锡锅里后，我立刻出门去看那匹马，卡西去山梁西边找阿依横别克。他家是我们在吉尔阿特的唯一的邻居，这一大片牧场上只有阿依横别克和斯马胡力两个男人。

我一个人走进深深的山谷，沿着山脚的石壁小心绕过沼泽，很快来到了那匹马身边。

小马看到有人接近，连忙走开，但又不愿意远离母亲，就在附近徘徊着啃食刚冒出大地的细草茎，不时侧过头用眼睛试探地盯视我。

红马已经不能动弹了，浑身泥浆。看我走近，本能地又挣扎了一下。我拾起石头丢过去，希望它受惊后能一个猛子蹦出来。

但是等我把这一带能搬动的石头全都丢完了也没什么进展。

四周那么地静，明净的天空中有一只鹤平稳缓慢地滑过。

一个人待在这里，面对陷入绝境的生命，竟有些害怕，又过了一会儿便离开了沼泽。我边走边回头张望，那小马一看我离开，就赶紧回到母亲身边站着，用嘴轻轻地拱它的脖子，它可能在纳闷母亲为什么不理睬自己了。大约分量轻的原因，它倒陷不下去。

刚走到山谷口，迎面遇上了卡西，却只有她一个人，手里提着一大卷牛皮绳。

阿依横别克也不在家，去北面群山间放羊了。阿勒玛罕大姐也不在家。

这才想起上午扎克拜妈妈和大姐带着沙吾列去北面三公里处山间谷

地的爷爷家毡房喝茶去了。

卡西在牛皮绳的一端打了绳圈，然后试着甩向沼泽中露出的马头，但她显然没有斯马胡力那样的技术。斯马胡力套马可准了，小跑的马都可以套上，卡西却连陷在泥中一动也不能动的一颗脑袋都套不中。

可是斯马胡力到哪儿去了呢？

平时总爱唠叨斯马胡力的少爷脾气，嫌他一回家就要人把毛巾和食物送到手上——实在可恨。有时他骑马经过背冰的卡西时，气定神闲，高高在上，跟什么也没看到一样。而可怜的卡西汗流满面，大声喘着粗气。

可是，在这种时候，第一个想到的就是他了。男人毕竟是有力量的，天生让人依赖。要是斯马胡力在家，他一定会有主意。

甩套没有用，卡西决定亲自下去套，她卷起裤脚持着绳子踩进了黑色的沼泽泥浆……我心都提到嗓子眼儿了，一直看到她稳稳当当走到马跟前，才松了口气。原来，沼泽其实也并不那么危险，泥浆在春日的阳光下晒得已经很紧了，加之淤泥中又裹有团团的细草茎。

只因马蹄是尖的，身体又那么重，就很容易陷下去。但人的体重轻，脚掌又宽长，陷到小腿肚那里就停止了。

但当卡西抱着马脖子使劲拉扯时，突然身子一歪，一下子陷没到膝盖那里！我吓得赶紧踩进泥里把她扯出来。

她又试着把绳圈往马头上套，却怎么也够不着，泥浆前面几步远是稀稀的泥水潭，看情形非常深。于是她干脆踩上马背，跪在马肚子上俯身去套……可怜的马啊，承载着卡西帕后，我亲眼看到它的身子又往下陷了一公分。

太阳西斜，山谷里早就没有阳光了，空气阴凉。我光脚站在马身边冰冷的泥浆里，抚摸着温热的马背，感到有力的河流在手心下奔流，它的生命还是强盛的。这才略略有些放心。

套好绳子后，我们两个岸上岸下地又扯又拽，弄得浑身泥浆。那马纹丝不动。

我们只好先回家，等男人们回来再说。

两个小时后，太阳完全落山，漫长的黄昏开始了，气温陡然下降。

我穿上了羽绒衣独自走进山谷又去看那马。它由原先四个蹄子全陷在泥里的站立姿势变成了身子向一边侧倒，看来我们不在的时候，它又孤独地经历了一次拼命的挣扎。但这只使它拔出了左侧的前腿和后腿，却导致右侧的两条腿更深也更结实地（一种非常不舒服的姿势）陷进了淤泥中，更加无法动弹。

冰碴儿一般寒冷的泥浆使它开始浑身痉挛（夜晚温度会在零度以下），圆圆大大的肚皮不停地激烈抖动，我想它身体里的河流已经开始崩溃、泛滥。糊在它背上的淤泥已经板结成浅色的土块，毛发肮脏。小马仍然静静地站在母亲身边，轻轻地睁着美丽的大眼睛。

马群不能继续等待下去，迂回曲折地渐渐走远了。

小马之前一直孤独地守着母亲，但马群的离去使它在两者之间徘徊了好一阵，最后很不情愿地离开母亲，跟上了大部队，边走边苦恼地回身打转儿。它还是不明白母亲到底怎么了。

这么小的小马驹，如果失去母亲，恐怕也活不了几天。

也不知是谁家的马，都这么长时间了，也没人过来找找。

后来才知道，马群大都是野放的，除非要吃盐了，否则不会每天回家。卡西抬出大锡盆，开始和面，准备晚餐。我也赶紧生火、烧茶。该做的事情还有很多，羊陆续回来了，在山坡下静静等待着，大羊和小羊还没有分开，骆驼还没有上脚绊。我却老想着不远处冰冷沼泽里那个正在独自承受不幸的生命，焦虑不已。如果它死了，它的死该多么孤独迷惘啊，马的心里也会有痛苦和恐惧吗？

天色渐渐暗下来，哈气成霜。我走出毡房，站在坡顶上四面张望。

努力安慰自己说：这是世上最古老的一处牧场，在这里，活着与死亡的事情都会被打磨去尖锐突兀的棱角。在这里，无论一个生命的最终获救还是终于死亡，痛苦与寒冷最后一定会远远离去。都一样的，其实都一样的是吗？放不下的事情终得放下不可……更多的，我不是为怜悯那马而难过，而是因为自己的弱小和无力，我真的很难过。

可是斯马胡力他们为什么还不回来呢？我站在坡顶上往背面的道路望了又望。要是这时候斯马胡力回来了，从今以后我一定会像卡西帕那样对他，哎——什么好吃的都留给他！

……还好，不管怎样说，在天彻底黑透之前，那匹马终于给拖上来了。那时男人们都来了，斯马胡力跳下齐腰深的泥水潭往相反方向使劲推挤，阿依横别克在岸上骑着自己的马拼命挥鞭策马拖拽——马肚上勒着绳子，另一头套在那匹泥浆里的马的脖子和前腿上。牛皮绳被拉断了好几次。

当时两个男人的判断是：从泥浆地这边不可能拉上来了，泥巴太紧。于是他们决定从水潭另一侧拉，虽然距离非常远，但相对阻力较小，就看马能不能挨过这段漫长的距离了。

当时那马一动也不动，死了一样，侧着脸，一只眼睛整个地淹没在泥浆中。突然，绷紧的绳子一松，它明显地被扯着挪动了一下，斯马胡力赶紧往后跳开，那马整个猛地往前一陷，全部扎进了泥水中。本能让它作出最后的挣扎，它的后腿一脱离结实的泥浆就开始踢蹬不已，仰着脖子，努力想把头伸出水面，但很快整个沉没下去。

我尖叫起来，吓得连连后退。

但大家大笑起来，说："松了！松了！"阿依横别克更加卖力地抽打自己的坐骑，牛皮绳绷得紧紧的。

我以为那马肯定会死的，感觉上是过了好久好久之后，才重新看到马头浮出水面。

之前它已在泥浆里沦陷了四五个钟头，温度又那么低，估计浑身早已麻木无力了。

两个男人累得筋疲力尽，满脸泥巴，但仍然不放弃，一边互相取笑着，一边竭尽全力进行拯救。

那时妈妈和阿勒玛罕已经回来了，女人们打着手电筒站在岸边观望，什么忙也帮不上。胡安西和沙吾列在岸边的大石头上跳来跳去，大叫着丢石头砸马，但马已经没有任何反应了。我不时地问扎克拜妈妈："它会死吗？它死了吗？"妈妈理都不理我，神情凝重冷淡。

马被拖上高高的石岸时，真的跟死了一样，要不是肚子还起伏的话。

那时它已经站不起来了，无论阿依横别克怎么拉它扯它都没用，跪都跪不稳，躺倒在路中间。

它肚子被石头和绳索磨得血肉模糊，耳朵也在流血，背上伤痕累累，脖子上的鬃毛被斯马胡力扯掉了好几团——一定很痛！我试想自己被扯着头发拖七八米的情形……况且马比我重多了。

我还是不停地问这个问那个："能活吗？快要死了吗？……"

将死未死的时刻永远比已经沉入死亡的时刻更让人揪心。将死未死的生命也比已经死亡了的生命距离我们更为遥远不测。

值得安慰的是，哪怕在那样的时刻，它仍注意到脸庞边扎着一两根纤细的草茎，它努力扭过头侧着脸去啃食。我连忙从别的地方扯了一小撮绿色植物放到它嘴边，两个小孩子也学我的样四处寻找青草喂它。我听说牧人是很忌讳这种拔草行为的，但大家看了都没说什么。

第二天上午，马虚弱地站了起来，浑身板结的泥块，毛发肮脏而零乱，而健康的马是毛发油亮光洁的。

我总算舒了一口气。虽说"一切总会过去"，但"一切"尚未过去的时候，总感觉它们永远不会"过去"似的。

卡西就一点也没有担忧的样子，虽然她也在尽可能想办法营救那马。后来赶到的斯马胡力和阿依横别克也是一边打打闹闹、半开着玩笑，一边竭尽全力把它拖上岸，从头到尾都无所谓地笑着，游戏一般的态度。节制情感并不是麻木冷漠，我知道他们才不是残忍的人，他们的确没我那么难过、着急，但到头来却远远做得比我多。

"一切总会过去"——我仅能够想通这个道理而已。唉，我真是个微弱而又奢求过多的人。只有卡西和斯马胡力他们是强大宽容的，他们知道叹息无济于事，知道"怜悯"更是可笑的事。他们可能还知道，对于所有将死的事物是不能过于惋惜和悲伤的，否则这片大地将无法沉静，不得安宁。

原载《文汇报》2010年4月27日、6月2日、7月7日

钢构的故乡

刘醒龙

———————

一个从哺乳时期就远离故乡的人，正如最白的那朵云与天空离散了。

因此，漂泊是我的生活中，最纠结的神经，最生涩的血液，最无解的思绪，最沉静的呼唤。说到底，就是任凭长风吹旷野，短雨洗芭蕉，空有万分想念，千般记惦，百倍牵肠挂肚，依然无根可寻和无情可系。

在母亲怀里长大的孩子，总是记得母乳的温暖。

在母亲怀里长大的孩子，又总是记不得母乳的模样。

小时候漂泊在外地，时常为没有故乡而伤心。成年之后，终于回到故乡，忽然发现故乡比自己更漂泊。

因为故乡的孕育，记忆中就有一个忽隐忽现的名为"团风"的地方。

书上说，团风是1949年春天那场叫渡江战役的最上游的出击地。书上又说，团风是抗日战争时期，国内两支本该同仇敌忾的军队，却同室操戈时常火并的必争之地。书上更说，团风是改变中华民族命运的赤色政党中两位创党元老的深情故土、痴情故地。

著书卷，立学说，想来至少不使后来者多费猜度。就像宋时苏轼，诗意地说一句，人道是三国周郎赤壁，竟然变成多少年后惹是生非的源头。苏轼当然不知后来世上会有团风之地，却断断不会不知乌林之所在。苏轼时期的乌林，在后苏轼时期，改名换姓称为团风。作为赤壁大战关键所在，如果此乌林一直称为乌林，上溯长江几百公里，那个也叫乌林的去处，就没有机会将自己想象成孔明先生借来东风，助周公瑾大战曹孟德的英雄际会场所了。

书上那些文字，在我心里是惶惑的。

童年的我，无法认识童年的自己。认识的只有从承载这些文字的土地上，走向他乡的长辈。比如父亲，那位在一个叫刘下垸的小地方，学会操纵最原始的织布机的男人；比如爷爷，那位在一个叫林家大院的小地方，替一户后来声名显赫的林姓人家织了八年土布和洋布的男人。从他们身上，我看得到一些小命运和小小命运，无论如何，都不能将这位早早为了生计而少能认字的壮年男人，和另一位对生计艰难有着更深体会而累得脊背畸形的老年男人，同那些辉煌于历史的大事伟人，作某种关联。

比文字更让人难以置信的是亲人的故事。

首先是母亲。在母亲第九十九次讲述她的故事时，我曾经有机会在她所说的团风街上徘徊很久，也问过不少人，既没有找到，也没有听到，在那条街的某个地方，有过某座祠堂。虽然旧的痕迹消失了，我还是能够感受到生命初期的孤独凄苦。当年那些风雨飘摇的夜晚，母亲搂着她的两个加起来不到三岁的孩子，陪着那些被族人用私刑冤毙的游魂。一盏彻夜不灭的油灯，成了并非英雄母亲的虎胆，夜复一夜地盼到天亮，将害怕潜伏者抢劫的阴森祠堂，苏醒成为翻身农民供应生活物资的供销社。

其次是父亲。父亲的故事，父亲本人只说过一次。后来就不再说了。他的那个 1948 年在汉口街上贴一张革命传单，要躲好几条街的故事，更是从 1967 年的大字报上读到的。那一年，第一次跟在父亲身后，走在幻梦中出现过的小路上，听那些过分陌生的人冲着父亲表达过分的热情，这才相信那个早已成了历史的故事。相信父亲为躲避"文革"斗争，只身逃回故乡，那些追逐而来的狂热青年，如何被父亲童年时的伙伴，一声大吼，喝退几百里。

还有一个故事，它是属于我的。那一年，父亲在芭茅草丛生的田野上，找到一处荒芜土丘，惊天动地地跪下去，冲着深深的土地大声呼唤自己的母亲。我晓得，这便是在我出生前很多年就已经离开我们的奶奶。接下来，我的一跪，让内心有了重新诞生的感觉。所以，再往后，当父亲和母亲，一回回地要求，替他们在故乡找块安度往生的地！我亦能够伤情地理解，故乡是使有限人生重新诞生为永生的最可靠的地方。

成熟了，成年了，越喜欢故乡。

哪怕只在匆匆路过中，远远地看上一眼！

哪怕只是在无声无息中，悄悄地深呼吸一下！

这座从黄冈改名为团风的故乡，作为县域，它年轻得只有十五岁，骨子里却改不了其沧桑。与一千五百年的黄冈县相比，这十五年的沧桑成分之重，同样令人难以置信。最早站在开满荆棘之花的故乡面前，对面的乡亲友好亲热，日常谈吐却显木讷。不待桑田变幻，才几年时间，那位走在长满芭茅草的小路上的远亲，就已经能够满口新艳恣意汪洋地谈论这种抑或那种项目。

爷爷奶奶，父亲母亲，是故乡叙事中永久的主题。太多的茶余饭后，太多以婚嫁寿丧为主旨的聚会，从来都是敝帚自珍的远亲们，若是不以故乡人文出品为亘古话题，那就不是故乡了。有太多军事将领和政治领袖的故乡故事，终于也沧桑了，过去难得听到熊十力等学者的名字，如今成了最喜欢提及的。而对近在咫尺的那座名叫当阳村的移民村落的灿烂描绘，更像是说着明后天或者大后天的黎明。

　　一个人无论走多远，故乡的魅力无不如影相随。

　　虽然母亲不是名满天下的慈母，她的慈爱足以温暖我一生。

　　虽然父亲不是桀骜尘世的严父，他的刚强足以锻造我一生。

　　故乡的山，丘陵得漫不经心，任何高峰伟岳也不能超越。

　　故乡的河，浅陋得无地自容，任何大江大河都不能淹没。

　　故乡是人的文化，人也是故乡的文化。那一天，面朝铺天盖地的油菜花野，我在故乡新近崛起的亚洲最大的钢构件生产基地旁徘徊。故乡暂时不隐隐约约了，隐隐约约的反而是一种联想：越是现代化的建筑物，对钢构件的要求越高。历史渊源越是深厚的故乡，对人文品格的需要越是迫切。故乡的品格正如故乡的钢构。没有哪座故乡不是有品格的。一个人走到哪里都有收获思想与智慧的可能。唯有故乡才会给人以灵魂和血肉。钢构的团风一定是我们钢构的坚韧顽强的故乡。

谁的故乡不沉沦

耿 立

—

曾看到过一幅照片，一个农民在被拆迁房子的瓦砾上跌坐，茫然吃着午饭，只是一个馒头和一根大葱。那模样是我久在风雨暴晒下才有的酱色的父兄，这是一幅为"农村上楼"而配发的照片。看到这个片子，看到一片狼藉，像是涌动起莫名的风雨飘絮的黍离之情，只觉得无边的乡村在沉沦，或者说一点点坍塌一点点沦陷，真的有点愤怒。

多少乡村在哭泣！多少乡村被连根拔起，乡村成了一种空间飘浮。我看到报道：一场让农民"上楼"的行动，正在全国二十多个省市进行，拆村并居，无数村庄正从中国广袤的土地上消失，无数农民正在"被上楼"。

乡土的中国，故乡的中国真的转换这么快？我对某些举止向来是不惮于恶意来揣测的。不错，乡村是需要引导的，农民是需要引导的，但一夜之间，土地里不再种出庄稼而种出了高楼，这是农民的狭隘所到达不了的。在农民没有意愿的情形下，是否有的人对土地别有图谋？城市化是人的市民化，而不是土地的城市化、楼房化。

农民被上楼，就如镰刀割下了谷子，这不是一次收割的事件，而是一个精神的事件。有人说这世界消失的方式不是一声巨响，而是一声呜咽。我想镰刀碰到谷穗是呜咽，谷子倒下时也是呜咽，推土机的巨响脚手架的巨响龙门吊的巨响，他们听不到故乡的呜咽。农历没有了，节气没有了，一种生活方式、一种生存伦理被改造了。

古人有揠苗助长的话头，也有夜雨剪春韭的诗意，但乡村的消失证明着一种东西，故乡的脆弱，美的危险，土地不再为农人服务，土地开始为GDP服务。没有了故乡的人是无根的，离开了地气的脚步注定是走不稳跟踉踉跄跄的。

有一成语叫背井离乡，背是背离，这是孩子都能理解的；但我宁愿理解背为背负，一个背负着故乡井水的人是有底气的，无论走到哪里都有故乡井水的滋润，有故乡作依靠。记得，在一次文人雅集的酒桌上，有个人问我，你的眼睛为何这样亮？我说那是故乡的水井！你的头上隐隐像有什么东西，那是什么呢？也许，是我醉酒的缘故，我回答：那是故乡的屋檐。友人愣住了，不知如何回答，他有点黯然，然后醉了。他说，我没有故乡的屋檐。然后就伏在桌子上呜呜大哭起来。

故乡是一个人的血地，你离开了那空间那地址，你离不开那里蒸腾的气场、那里的细节，虽然有时光的流逝和空间的隔阻。但"任它草堆也好，破窑也好，你儿时放摇篮的地方，便是你死后最好的葬身之所"。台湾把故乡叫作原乡，作家钟离和说"原乡人的血，只有回到原乡，他的血才能停止沸腾"，真是透到了骨髓，彻骨彻肤。

但原乡在哪里？即使你千里迢迢回到放摇篮的地方，但拆迁的速度，要比你的脚步快几倍。在某些趾高气扬者烟灰弹落的瞬间，无论老房子无论老城墙，都会谈笑间灰飞烟灭。故乡小桥的容颜你无法再睹物思情，没有铜雀台可以锁住那也叫小乔的恋人，即使铜雀台也会被拆迁成瓦砾。你有的不只是乡愁，而是目睹故乡的凌迟，故乡的死亡。

我想，拆迁的仅仅是一座座老屋吗？拆迁的是那些有形的表面的东西，那融入人生的部分呢？那故乡的气味呢？要是再向人回答三十年前的故乡，你准会遇到听众的不解，因为你的斜阳流水，你的蛙鸣溪头荠菜早已无有踪影，大家以为你在说谎，说不曾存在的诗意，说你的梦呓。拆迁的巨响，它不仅仅伤到了我们的骨头，它给我们不能指认故乡的人一种暗伤在咯血，你看不到那血丝，你感到那虚空，那是一种大地的整体失忆和乡村历史的短路。

故乡是一种容器，故乡是收藏我们童年哭声的地方，一石一础，一草一叶，井栏榆树，那都是我们的见证，那里勾留了我们的年轮，涂抹了黄昏时我们读书的影子，还有那塞满草的窗子。当我们夜晚背诵课文的时候，常仰着脖颈望着窗外的星空，像是背诵着夜。现在那里的夜还是那样纯净吗？没有一丝的阴翳，没有污染没有毁容？

我知道故乡之故，是旧的意思，衣不如新人不如故，但家还是老的好，但当下一切唯新是尚，人们喜新厌旧，不再喜欢原配的故乡。现在城市的家是没有光阴刻痕的，没有记忆的负载，没有积淀没有历史，这样的家，就是给你提供一张床供你安眠，给你一片空间供你栖身，这样的家，是名词，不是动词，没有让你冲动让你念想的精神成分。

人们说故乡现在已被穿上了制服，你的和他的，他的和你的，没有了个性，互相模仿，互相雷同。楼房是一样的，猫眼是一样的，这种批量生产的所谓的乡村，这样的地方还能称之为故乡吗？那牵动我们心灵抒情的滚动的河水，那林子间白色的如棉布的雾帐，那货郎的鼓声，那如旧照片一样发黄的夕阳，好像如今成了梦幻，成了失踪。（写到这里，有网友"知了的秋天"留言：只记得故乡原貌的淳朴风貌，却忘了小巷土路的坑洼、没有排水设施的泥泞、用柴火煤炭烧水做饭时的烟熏火燎呛人口鼻、用电的不便接水的不便上厕所的不便。城市化乃是大势所趋，但城市化中保留地方特色都应注意。让农民享受现代化成果不应是空话。）

我想说，我不反对现代化，我反对的是过度和对故乡的损伤。我是怀念一种乡村的精神质地，一种氛围和一套完整的乡野价值观，那种安恬那种惬意。故乡是我们生命的一部分，也是我们人类历史的保姆，她提供的是一种见证，是我们的童年。但现代化现在成了一种不容商榷的规则，顺我者昌逆我者亡，有着吊民伐罪讨伐一切的权力。

过去那种低碳的生活，那乡村的牛粪和泥泞，曾是我发誓逃离的，那不是矫情。当走过了人生，当失去了故乡，当看到沉沦的故乡，失去了的才知道珍重。现在城市的人手不能提物，肩不能负重，腿不能远足，心灵逼仄如蜗牛。城市里没有牛粪，但城市里也没有可以仰望星空的精神屋顶，对城里人来说，失去牛粪也许不是失去营养，但失去星光，人类的夜晚该是多么地黯然。说白了，故乡伦理给我们的是一种精神的守护，是一种恩养。

在我们人生的路上，应该有故乡。

二

故乡是美学，故乡不是经济学。有些是可以用数字计算的，有些则无法计量。

乡愁是不可用数字换算的，但故乡的土地可以丈量；故乡的芬芳不可丈量，但故乡的花朵可以点数；炊烟不可丈量，但故乡的烟囱可以点数；可丈量可点数的能被钞票收购，不可丈量的也就失去了生命力开始隐形。

曾有美的传说，说人死后，他的魂魄要把生前留在世间的脚印都重新捡起来，把生平经过的路再走一遭，到阴间交差。无论是乘过的船、走过的板桥，无论是泥泞的雪雨土路，无论老屋的檐下，那些脚印都会在某个你看不到的地方封存。纵然板桥的梁木已经朽腐，纵然船已经沉入河底樯橹无影，纵然土路已被铺上了柏油垫上了石子。即使那河水枯干，渡口无存，但魂魄一旦重访，那过去留存的脚印自会一个一个走出与主人相见。

我想这也许是一个思乡人打造的美的童话，说明一个漂泊在外的异乡人，对故乡总有一种搁不下的念想。生不能还乡，死也要还乡。如不捡回脚印，就会成为孤魂野鬼，在野外啾啾，享受不到牲醴，享受不到香火。

说起来，这是一种美轮美奂的逆向倒流，是从老年向中年、向青年、向少年、向童年的回溯。最后，返回到故乡的草垛土炕，返回到母亲的子宫，返回到缘起。当放学的路上，你脚印浮现时，正是7岁，"小呀么小儿郎，背着那书包上学堂，不怕太阳晒，也不怕那风雨狂，只怕先生骂我懒哪，没有学问呀，无颜见爹娘，朗里格朗里呀朗格里格朗"……这随脚印倏然醒来的儿歌，记得你的7岁；当第一次脸红的脚印浮现，正是15岁，在草垛旁，你看到了姑娘的乳房在衣襟里凸显；在挥别家乡的渡口，那脚印浮现了，你25岁，你挥去的是炊烟，挥不去的是母亲送别的白发边的草棒；还有，还有很多的脚印，脚印多了，就成了路。

其实故乡就是一种依靠，也是一种收藏，她永远站在我们记忆的深处，召唤我们灵魂柔软的部分，让我们在夜深人静的时候反顾来路，反顾我们血脉的上游。

曾记得一个台湾老兵的故事。说刻骨铭心的思乡者，把一个装着故乡土的玻璃瓶子弄丢了，他的魂魄也随之丢弃了。老兵住院，什么样的医术也疗救不了他这种思乡的痛，他的事传播开来，人们同情他，给他送来各式各样的土，特别是一名研究生翻找资料，在实验室里，为老兵配制了家乡的土。研究生说：用科学来看，配制的土才是真正华北平原的黄土。研究生在配土的时候特别多放了一点盐分，用以配出老兵家人在这土地上所流过的汗水。但细心的老兵呢？看出了黄土是用色素染成的！他说平原的土，是可以用比例配制的，但故乡的土，是不可以用实验室来配制的，那些童年的声音留在土里的，那些炊烟留在土里的，那些牛羊的哞叫，怎能够培植出？土的颜色可以用色素，那些情感蛊惑的元素，怎能用一克两克的色素配制呢？

老兵说，他感激那些人，为他送各式各样土的人，他感激那研究生。老兵最后说，这一瓶配出的黄土里面缺一样要紧的东西。当初，妈妈把黄土在白纸上摊开低下头去审视的时候，有两滴眼泪落在土里，这一大瓶里却没有！

是啊，那半瓶黄土里有祖父和父亲的汗，有母亲的泪。母亲有胃病，长年吃中西大药房的胃药，母亲亲手把土装在空玻璃瓶里。在老兵的家乡，玻璃瓶也是好东西。母亲把土摊在白纸上，戴好老花镜看过、拣过，弄得干干净净，才往瓶子里装。老兵带着这个瓶子走过七个省，最后越过台湾海峡。

我不知道这个老兵最后的所终，但我知道揪心的是灵魂还乡，被毁容整容后的故乡，灵魂能顺当回返吗？他找得到胡同口遥望的母亲吗？

当故乡变成了一个词，当这个词没有了具体所指而被抽空，就像"阿房宫"只是一个词，地面上没有了廊腰缦回，檐牙高啄，没有了负栋之柱，多于南亩之农夫；没有架梁之椽，多于机上之工女。这样的阿房宫是否叫阿房宫？阿房宫这样的词是贫血的，没有了人的声口没有了活的内容。如果故乡也是如此，这样的故乡也就是死掉的了。

当毁容的故乡只留下一个名头时，这样的故乡也是半死不活的。我要追问，当故乡被毁容，你的魂魄还能找到过去的印记吗？门前的石礅没有了，记忆的原址没有了；老屋的燕巢没有了，睹物思情的指示没有了；家族的墓地没有了，祭奠就成了十字路口随风飘扬的纸灰。这时你面对的不是"儿童相见不相识，笑问客从何处来"的诗意尴尬，而是看不到故乡遗容的那种孝子的锥心之痛。

祭祀无日，哀痛不已！

毁容的故乡与记忆完全不符了，但故乡不能忘记；故乡可以忘记，但童年的记忆不能忘记。故乡不仅仅是地名，三棵树，也许那是祖辈的记忆，当初移民的时候就有三棵树；刘举人庄，当初村子里就走出了举人，成为后辈的炫耀；观上呢？也许村子当初就在道观的旁边；九女集呢？是一个老太有九个女儿而叫的村庄？

我知道在故乡整容的时候，人也有的退化而整容，祖籍是父辈走出的故乡的印记，但却是履历中的死的文字，不再是炊烟和泥腥的土味。我的故乡是什集，是明初移民，十家人家聚居而成了集市。提到什集，我的脑海里闪回的是炒焦花生的沙土，还有冬夜啃羊头的热腾腾的气与噼啪的木柴的炸响。但对出生在城里的儿子，什集只是一个词，没有了体温，没有了那种几百年的生活的和暖与安详，什集的什字，本来念什（shí），是古代十字的大写，儿子也许会念什么的什（shén），不是一字读音的差异，而是一种文化符号的转变，是一种故乡变成了异乡，是另一种物质，是地点异化成了虚空，是名词变成了代词变成了反问句式：什么？好像在不友好地审视！

我知道现在有的人为了加薪为了提干，在私下篡改履历、年龄和学历，这也算是别样的整容吧。不知道这些整容的独在异乡为异客的人要走回故乡，碰到整容的故乡，怎样和那片土地对视，都是赝品，都是一样的货色，都是失去了本色的家伙。那真是近乡情更怯，不敢问来人。

三

故乡在沉沦，有的乡村虽躲过了拆迁，但也是精神沦陷，年轻人走了，土地荒芜了，村子里多的是暮年的老人和留守的孩童。这些暮年人和儿童是否能抵抗住故乡的沦陷，我是持怀疑态度的。农民是弱势，农民的父和母和农民的孩和子，一老一童更是弱势。若是现在还乡，鬓毛未衰的你就会看到故乡一方面是苍颜，一方面是毁容。

我读到过一首诗：村里的动物越来越少／村里的童年越来越少／原来的童年有狗陪着／狗当童年的影子／原来的童年当牛的影子／跟着牛到处阅读青草阅读蝴蝶／村小学由五间教室减少到两间／最后村小学取消任何一间教室／这个村和那个村还加一个村／拼成一个小学／三个村共用一个童年／三个村的动物越来越少／消失的还在继续消失／陪伴童年的狗牛比童年的数量似乎更少／动物越来越孤独／童年越来越单调。

现在的乡村再也没有了牛耕地，也没有了猪圈，多的是狗，也许世相变化太快，现在要人仗狗势，让强悍的生灵来看家护院，来陪伴老弱病残。我想，如果我们失去故乡，给我们留下的是一代人的痛，而要是失去童年呢？这些孩子从小就接受流浪和孤独，那我们就失去了明天，因为明天是孩子们的。

"没有故乡的人是不幸的，有故乡而又不幸遭遇人为的失去，这是一种双重的不幸。"虽然生养我的故乡依然存在，但她最终也难逃那逐渐蔓延的乡土的沦陷。其实故乡还在，母亲去世经年，早就断了还乡的愿望。母亲还在的时候，我就曾体悟到失去老家的痛苦，我说的是我的母亲。在母亲的晚年，我曾把母亲接到城里，在我居住的三楼上，母亲如囚徒，这样的楼房，没有了土地平旷、屋舍俨然，没有良田美池桑竹之属、阡陌交通、鸡犬相闻。这样的楼房，春天与燕子毁约，不再接纳这玄鸟，即使回到毁容的故乡呢？燕子也是旧巢无觅处了。母亲在这钢筋水泥里，如牢笼，邻居变成了猫眼儿里的瞭望，门是安全门，窗是防盗网。贼是难入，人却难出。

有一次，我下班回家走到楼下，蓦然一惊，看到了母亲在窗口的茫然的眼神，母亲在张望。囚犯每天还有放风的时候，母亲一月半月也没有到楼下挪动半步，楼的雷同使母亲惧怕，怕走出家属楼，再也分不出子丑寅卯的差异，找不回返家的路。

秋天了，母亲说，在楼里，听不到一丝老家的声音，老家该掰棒子了吧？我知道暮年的母亲寂寞了，过去城里的街头还有人卖蝈蝈，而今这风景也绝迹了。我走出城市很远，在野草蔓生的瓦砾间捉到了几只促织，夜间，就放到母亲的房间，蟋蟀入我床下，促织一叫，我所住的楼房好像安静了，多好的秋声，天地间好像一下在肃穆寥廓了。

但我知道这是对故乡秋天的模拟，是故乡秋的赝品。

故乡沉沦了，蟋蟀塞塞窣窣的鸣叫也成了绝响。我不知道蟋蟀到城里的感受，但看到街头的一棵棵被移栽的大树，那些委顿的焦黄的树枝，看到那些打着点滴的树，那些吊瓶满身的树，如五花大绑，我哭了。

老家的村口也曾有几株明代的柿子树，有400年的历史，但前几年被一些树贩子连根移走了，说值上万块钱。就如吹灯拔蜡，老家的历史记忆成了空缺。有一年，我回老家为母亲上坟，看到移走时留下的大大的树坑，如枯干的泪眼，无助无望。我童年留恋的柿子树，老家的指示物种和地标，那曾荫庇故乡多年的古树没有了，只剩下裸露的斑驳的树根。

我心里一阵揪痛，我想到台湾老兵的故事，如果他的灵魂还乡，他走到村庄看不到母亲曾在村口瞩望的柿子树，那将会上演怎样的情景？

我看到很多脱离故土进城的古树，由于水土不服而死掉。我曾想写一篇大树的悼亡词，看到那机声隆隆中的大树被移栽进城，真想对着街头喊一声：停！

让它们回到它们的故乡去！

让它们回到它们的本源，给乡间的鸟兽以栖息。

我想到《伊耆氏蜡辞》用作悼亡词给那些大树最恰如其分：土反其宅，水归其壑。昆虫毋作，草木归其泽！（土　回到你的地方去／水回到你的沟里去／虫　不要吃我的庄稼／草木　回到你的河边去。）

我想那昆虫就是那些树贩子吧？移栽进城的大树和没有故乡的人一样，是痛苦的，整日煎之熬之。

在韩国，超市货架上出售大米的时候，如若袋子上印着"身土不二"的字样，则价格要昂贵不少。身土不二？是的，身土不二，这是一个深植中国的外来词。她强调一株树也好，一根草也好，一枝一叶，还是一个人，最好不要离开自己的土壤，一个人的身子骨不能与生存的土地分离，吃本地产的食粮，才有利于身心。

中国有句话，一方水土养一方人。其实，水土是有脾性的，它不是什么人都养的，只有故乡的水土才养人。故乡除了给你生物的DNA，还有精神的DNA，这看不见的DNA序列的排列有排他性。

四

没有故乡的人，没有根基，没有身世。

叶赛宁说：我抵达故乡，我即胜利！

归去来兮，田园将芜，胡不归？是千年前的陶潜在时空外呼唤如今疲惫的心灵吗？

其实对沉沦的故乡来讲，连荒芜也不配，只是一片钢筋水泥的狰狞。

我看不见灵魂的归路；

我只隐约听见灵魂的巨响，灵魂的呜咽！

原载《北京文学》2011年第6期

河岸上游荡的生灵

吴佳骏

———————

一

河流是船的路，船在动，时间也在动。静止的，只有水，以及水下面的石头和沙泥。我站在河岸边，看见树的影子和我的影子，倒映在水面上，仿佛它们都来自水底世界，落日在远山上，露出一张圆圆的脸盘，像是喝醉了酒，又像是被画家涂抹了颜料，红红的，浓，鲜。风从河的上游吹来，我的影子，树的影子，随之晃了晃，就被揉碎了。化为满河的残阳，染红了流水，也染红了船头艄翁的惆怅。

我在河水的流动中长大。

每天傍晚，我和村里的小伙伴都要跑去河边玩耍。在沙滩上拾贝壳，捉躲在水草丛里的鱼虾。或者，赤裸着身体，在河水里游泳。溅起的水花，惊动了不远处浮动的野鸭。有时，我们会一个猛子，潜入到打鱼人的小舟底下，用背脊使劲拱动船底，把小舟弄得左右颠簸。打鱼人以为捕获了大鱼，迅速收网查看，却发现我们已在船的前方，露出乌黑的头，笑声朗朗地向远处游去。打鱼人知道上当，骂一句：混蛋！重新将网撒向河面，可那铺网，罩住的，却是打鱼人自己。鱼和日子，都从网眼儿里溜走了。

春天像一只候鸟，从山那边飞来，从岁月深处飞来，停在河岸边的松树、柏树上。树上的鸟窝，是季节的另一个家。那些树有些年头了，枝干粗壮，叶子翠绿，一看，就是得到了水的滋养。生长在水边的植物，比生长在旱地的植物，多了几分灵气。河滩上的青草，一个劲儿地疯长，远远看去，像铺了一层嫩绿的地毯。放牛的孩子，把牛牵到河滩，任其大嘴大嘴地啃着青草，自己则骑在牛背上，吹响竹笛；或躺在草地上，嘴角叼一根狗尾巴草，闭上眼，睡一觉，做个美梦。让野草的苦香，弥漫鼻孔和肺叶，弥漫童年和记忆。

我蹲在河边，仿佛另一条河流。

河流是无声的，舒缓的，它以它表面的平静，掩藏了流动的喧响。我也是无声的，我以我的沉默，埋藏了内心的波涛。也许，唯有在河岸上织渔网的那个老人，知晓我心中的秘密，但他没有说。凭他的阅历，他一定是理解我生活的孤苦和人生的冷暖的。老人一辈子都在风浪中漂泊，以捕鱼为生。一条陈旧的木船，就是他的家。他那一张饱经风霜的脸上，落满了阳光和风雨，也沾满了鱼腥和水渍。有月亮的夜晚，站在河对岸的山坡上，向河中望去。月亮的清辉，似一层薄霜，笼罩着河流和大地。繁星像晶莹的碎银，洒落河面。河中心老人的竹篷船上，拨亮的油灯照亮水面，与苍穹上的月光、繁星互为辉映，清冷中透出一缕温暖。老人大概又喝醉了酒，如雷的鼾声，打破了四野的幽静，也惊扰了水下鱼儿们的睡眠。

要是到了冬天，老人就在船上放一个火炉，温一壶酒，取暖。顺便烤上两条捕获的鱼儿，作为下酒菜。老人一生吃鱼太多，他身体内的每一个细胞里，都游走着一条鱼。老人说，他每天晚上都会做梦，梦见一条大鱼，在啃噬他的骨肉。那条大鱼把他囫囵吞进去，又将他囫囵吐出来。如是反复，他的精气慢慢地就被大鱼吸干了，最终变成大鱼体内的一根根骨刺。而等到梦醒来的时候，老人就会起身去看看碗里吃饭时剩下的那堆鱼刺，他发现那一根根尖利的刺，全是从自己身上掉下来的一根根骨头。

我最喜欢的，是看老人坐在河边织网。黄昏时分，夕阳似碗里搅拌的蛋黄，总能勾起人的幻想。我和小伙伴站成一个圈，将老人围住。看他手拿竹针，在网眼儿里麻利地穿来穿去。动作的娴熟，表明了他经验的老到。老人边织网，边跟我们讲他的往事。他越讲越玄乎，我们越听越觉得深奥。他说：人啊，其实也是一条鱼，时时被生活这张无形的大网罩着。即使你侥幸挣破网，逃脱了，又会被另一张更结实的网罩住。很多人，都是在这种可怕的挣扎中，慢慢老去的。说完，老人停下手中的活儿，擦掉眼角挂着的泪花。这时，夕阳唤来夜幕，覆盖了老人的身影，也覆盖了我们的身影。

我常常想起老人，以及跟他一样老的那条木船。

在我割草累了的时候，或者，牵着牛在河边饮水的时候，我的脑海里，就会浮现出一个老人和一条船的画面来。我不明白，那个老人，一生都守着一条船，到底有什么意思。而且，那条木船，早已破旧，船底开始渗水。我担心，它还能否承载得起一个老人的重量。只要一个不大的旋风，船就会被打翻，随同老人一道，葬身河底。

我这样想着的时候，其实更多的，是在想我自己。

老人到底是活得精明了，他一眼就识破了我的心机。他说：孩子，别以为我不晓得，你每天都来看我织网，其目的，是想借我的船渡河。

那天，老人从我背篓里装着的青草下面，翻出了我藏着的一包衣服和裤子——那是我在昨晚等父母睡着后，半夜里爬起来偷偷收拾好的。那几条裤子，是被我父亲穿烂后，母亲给我改做的。包裹中，还有一件毛衣，是母亲去年卖了家里那头羊，从镇上买回毛线，熬夜给我织的。我舍不得它们，就统统带上了。况且，我还不知道，在未来的路上，将会遇到怎样的冰雪和风暴。我还没有习惯一个人上路。

老人最终没有送我过河。他重新将我的包裹装进背篓，上面用青草遮盖密实，他极力在用他的衰老，保护我的自尊。

我远远地凝视着那条破船，风吹来，船身倾斜，要散架的样子。我突然看穿了那条船的命运：那条船，即使能渡我过河，却无法承载我的父母和故乡，无法承载故乡的贫穷和苦难。

我不过是河岸上一个光着屁股的孩童，还不知道水的深浅。

二

大多数时候，河流是寂静的，就像它环绕着的这座村庄。村庄里住着的所有人，以及那些活蹦乱跳的猪、羊、鸡、鸭，都饮这条河里的水。河流，是村庄的血脉。

无事的时候，村子里那些上了年岁的老人，喜欢沿着河边散步，身后跟着的那条黄狗，仿佛他们的缩影。他们年轻的时候，也曾在这条河里洗过澡，并练就了一身浮水的本领。他们也曾幻想，有朝一日能游到河的对岸去，从此不再回来，到村庄以外的世界去闯一闯。可他们游了一辈子的水，从来就没有抵达过河的对岸。游来游去，不过是从河的上游游到下游，又从河的下游游到上游。自己也在一次又一次的泅渡中，从青年到了中年，又从中年到了老年。

河流养育了一辈又一辈人，又禁锢了一代又一代人。

村子里有一个姑娘，人长得漂亮，但不爱说话，沉默是她的品性。她家就在河边上。每天劳动回家后，她都习惯性到河边去掬一捧水，洗脸，把沾在脸上的泥土洗干净。然后，捋捋头发，把河面当作一块镜子，照一照，看看自己每天的变化。做完这一切，她就静静地蹲在河边，望着对岸发呆。她的瞳孔睁得很大，明亮的眸子里，仿佛养着两只蜻蜓，载着她，在河面上飞翔。后来，村子里那些耐不住寂寞的小伙子，知道了姑娘的习惯。每天傍晚，就早早地跑到河边候着，借故向姑娘靠近，搭话。可姑娘看都不看他们一眼，两只眼睛专注地盯着对岸出神。那些胆大的臭小子，个个都不是省油的灯。他们为了获得姑娘的芳心，想尽了一切办法。最绝的，是光着屁股跳进河里洗澡。在姑娘面前游来游去，一会儿潜入水底，一会儿将屁股露出水面。可姑娘并不生气，也不躲避。照旧沉思着，面对一条河流，像面对自己的人生。她的灵魂，已不在她的体内，而跑到河的对岸游荡去了。

姑娘的怪异行为，最终惹怒了她的父母。当她不自觉地在那些孤独的黄昏，默默地注视着河的对岸时，她的父母也在家中默默地注视着她。有天晚上，刚吃完饭，姑娘的父母就将她关在房中，责骂了一宿。那晚，姑娘一夜都没合眼。汹涌的泪水，像门前的那条河流，濡湿了她的枕头，也淹没了她的憧憬。第二天，姑娘的父母就请来媒人，替她定了门亲事，还收了男方的彩礼。从此，姑娘再也不敢去河边洗脸，眺望河岸了。每天上坡回来后，就把自己软禁在屋子里，像一只被囚禁的老鼠。

一次眺望，就葬送了一个花季少女的幸福。

嫁人的日子，是姑娘的父母早就定好的。按照村里的风俗，提前一天，村里的男女老少都要赶来吃姑娘的结婚酒。大红鞭炮炸翻了天，铺盖、脸盆摆满了屋。这是村庄最喜庆的日子。人人脸上都挂着灿烂的笑容，只有姑娘阴沉着脸，像河流上漂浮着的一张烂菜叶。

当晚，热闹了一天的人们相继散去之后，村庄重又沉寂了下来。姑娘的父母，因为劳累，也早早地睡去了。唯剩下姑娘一个人，独对漫漫长夜，和自己彷徨的内心。

第二天早晨，前来迎亲的人，在河面上发现了姑娘的尸体。全村子的人都站在河岸上，叹息着摇头。姑娘的父母跪在河滩，号啕痛哭，把一个敞亮的早晨，哭得阴云密布。

当人们把姑娘的尸体捞上岸后，才发现她的腰上缠着个布包。包里裹着一双棉鞋，几套衣服，还有两个馒头。馒头已经浸水发胀，鼓鼓的，像姑娘凸出的腮帮。

一切都安静下来，热闹和喧嚣，瞬间转化成了悲伤和泪水。

河流依旧缓慢地，无声地流淌。

三

青蛙是河岸边游荡的另一群生灵。它们藏在河边的水草底下，或躲在石头缝中。只要黄昏将临，他们就放开歌喉，演奏合唱音乐。它们不需要指挥，也不需要听众。它们的歌声，完全属于它们自己。它们只为自己的灵魂而歌唱。那如鼓点般短劲的歌声里，藏着的，是蛙族里的秘密——生育、战争、瘟疫、宗教、艺术……

为了蛙族的繁衍、兴旺，它们日夜不停地歌唱，诵经祈福。我曾目睹过一群青蛙，排着队，蹲在河滩上，头一律朝着河水流动的方向，望河祈祷。那种安详的神态，像极了那些朝拜佛祖的信徒。也许是它们的执着和信念，才使得它们在产卵的季节，产出数量庞大的蝌蚪。每一个蝌蚪，都是蛙族里的一个梦想。

小时候，我喜欢跑去河边捉那些围着水草游动的蝌蚪。那时，没有任何游戏可供我玩乐。父母更不可能关心我。只要我不至于被饿死，他们就谢天谢地了。在自己都救不了自己的日子里，他们又凭什么来拯救我呢？我内心的空虚，是一片无边的沙漠。每天傍晚，我提着被父亲废弃的那个网兜，去河边逮蝌蚪。蝌蚪太多了，黑压压一片，沾在水草上。我伸出网兜一网，至少能捕获十只以上的蝌蚪。它们在网兜里蹦跳，光滑的尾巴摆来摆去，两只小爪子奋力蹬动。但它们已在劫难逃，我牢牢地掌控着它们的命运。

我把蝌蚪从网兜里取出，放在河滩上，不给它们水喝。等它们快被渴死的时候，我再浇点水，维系它们脆弱的命。等它们喘口气，我又断了它们的水源。渐渐地，我在反复玩弄蝌蚪的游戏中，变得麻木也疲乏了。我便从地上捡起一根竹棍，斩断蝌蚪的尾巴，甚至，连它们的两只爪子也一起斩断。我在这一残酷的施刑过程中，体会到一种强大的快乐——战胜了生存本身的快乐。我主宰不了自己的命运，但可以主宰蝌蚪的命运。这说明，我还是有力量的。

没想到的是，多年后，这种力量却转化成了忏悔，嵌入我的灵魂里，让我惊悚不安。在我远离故乡的这些年，常常会有一群一群的蛙声，闯入我的睡眠，悲惨、凄凉，像冬天里的冰凌，将我冻僵。

我是整个蛙族的罪人。

青蛙们将永远不会原谅我，永远不会原谅人类。

要知道，青蛙的生存，要比人的生存，艰难百倍。汛期一到，它们的心，就揪紧了。洪水随时会冲垮它们的洞穴。把它们多年积攒下来的粮食，彻底淹没。把它们的家庭，弄得妻离子散；把它们的族群，搞得四分五裂。汛期过后，蛙声沉寂了，河面上漂满了青蛙的尸体。几条水蛇，从水底蹿上来，把漂浮着的青蛙尸体叼走了。那将是水蛇最丰盛的美餐。

在水里待不下去的青蛙，学会了在陆地上生存。它们寄生在老鼠洞里，或借住在蛇洞中。自己丧失了建造洞穴的实力，就只好"寄物篱下"。青蛙以为这下子安全了，大水再也冲不走它们。谁知，夜间外出觅食的蛇，不出洞，就一口咬住一只蛙。那只青蛙的肚子里，恰好怀了一窝蝌蚪。于是，青蛙重振家族的梦想，就这样被毒蛇夭折了。

比毒蛇更为可怕的，是那些捕捉青蛙的人。

我虽小时候也捕捉过蝌蚪，但那时我太小，寂寞，又是个弱者，还没有理性来遏制人性里的残暴，才致使自己犯下了一件件滔天的罪行。可那些逮青蛙的，都是成年人，心智成熟，辨善恶，论是非。他们整天除了逮青蛙，什么事情也不干，地早就荒废了。他们逮青蛙的手段，比我幼时捉蝌蚪凶残十倍。先是用铁丝垂成钓钩，后来就用电瓶打，再后来就下农药毒。他们将捕获的青蛙开膛破肚后，用竹签穿成一串，拿到城里去卖，以换回几个零花钱。一年年过去，青蛙越来越少，捕捉青蛙的人却越来越多；村庄里劳动的人越来越少，穷人却越来越多。

蛙群彻底衰败了。

蛙群之后，也许还有什么群落，会比蛙群衰败得更惨！

四

河流也是会老的，就像岸边枯死的那棵柳树，被光阴和记忆遗忘。

那棵垂柳，扎根河湾几十年了，见证了河流的历史，也见证了村庄的历史。它在村人们的眼中，是富有灵性的，是"神"的化身。凡村里的人，有了大灾小病，都要跪在柳树跟前，烧香磕头，祈求柳树能为自己驱邪降福。哪知道，前几年的一场大旱，彻底夺去了这棵"神树"的生命。

最早发现柳树枯败的，是那些常到河边洗衣服的妇女。她们蹲在树冠下洗衣服时，觉得头顶没有以往凉快。抬头一看，柳树的叶子已经泛黄，柳枝也打了卷，树干上的老皮，一块块往下掉。她们立即将这个消息告诉了村子里的人，一夜之间，整个村子都处在惊慌之中。"神树"生病，是个不好的预兆。他们早晚都跑到河湾，跪在柳树下，烧香膜拜。但村人们的诚心，没能挽留住柳树的命。柳树在日胜一日的烈日暴晒下，形销骨立，最终像一位老僧，站着圆寂。

柳树死去后不久，河水就断了流。

河床裸露出来，河底的鹅卵石，似一个个肿瘤，长在河流的肌肤上，威胁着一条河的生命。河滩上，到处都是死鱼烂虾。冲天的臭味，伴随一阵阵热浪，在村庄周围流窜。成群的苍蝇，兴高采烈地在河岸上滑翔，腐烂正好是它们的新生。那些大大小小的船只，搁浅在岸边，像一只只被扔弃的巨型草鞋。只有船帮上生锈的铁钉，还牢牢地抓住船的几根朽骨不放——船的骨头散掉了，灵魂也就散掉了。有几家船主人，不甘心陪伴了自己一生的船就这样荒废掉，他们抡起斧头，将船劈成木块，扛回家投进灶间，把船火葬了。这样，既安抚了船的一生，也安抚了自己的一生。

而村庄，是河流上的一条大船。

现在，连一条小船，都无法逃脱被搁浅的命运，那么，大船的命运，就可想而知了。村人们都不再把幻想寄托在一条河流上，他们对自己的生活，不再务虚。他们终于看清了一条河流内心的泥泞和创伤。

一条河流，并不比一座村庄幸运多少。

面对一条苍老了的河，和一座苍老了的村庄，人们终于醒转过来。他们曾经是那么渴望到河的彼岸去，幻想做一尾穿越时空的鱼，从河流涌向大海，过一种更加自在、舒适的生活。如今，河水断流了，不再需要借助船来过河。任何的方向，都是道路。于是，村子里年轻力壮的男女，背包扛箱地朝河的对岸跑去。当那场罕见的大旱还没有过去的时候，村子里的人就差不多跑光了。唯剩下些像我的父母一样，因衰老而无力气朝外跑的老人。

老人是河岸上最后的生灵。

我无疑也是那群逃跑队伍里的一个。我感到兴奋，我终于冲破了命运的藩篱，可以无牵无挂地去寻求属于自己的人生了。

遗憾的是，我离开了河流，却并没有进入大海，而是游进了另一条陌生的河流。那条河流里的风浪，更加险恶。流水也更为湍急。差一点，我就被淹死在里面。在经历过无数次的搏风击浪之后，我被撞得头破血流，体无完肤。

我重新开始眺望故乡。

当我孤身回到曾经断流的河岸边时，看见一大群人站在岸上（他们都是曾跟我一起跑掉的人，现在又都回来了），望着河对岸的村庄，泪流满面。大旱早已过去多年，河流重又蓄满了水。水清幽幽的，大小不同的鱼虾，在水里快活地游动。河湾里，又新长了一棵垂柳。细长的柳条垂挂在河面，像年轻姑娘的秀发。只是，村庄已经长满了野草，再也看不见升腾而起的袅袅炊烟。河滩上，还新垒起了一个个坟堆。每一个坟堆，都是一个逃跑的人的根。

岸上站着的所有人，都想过河，回到故乡去。可河里已经没有了船只。即使有船只，又能怎么样呢？船能承载人，却无法承载流浪者的乡愁，无法承载乡愁里的疲惫和忧伤。

我跳下水，企图游到对岸去。河水很深，一下子就淹没了我的头顶。在多年的挣扎和煎熬中，我已经丧失了水性。

我抓住一根稻草，爬上了岸。

转身的刹那，故乡离我越来越远，越来越模糊。

原载《山花》2011年第1期

江西老表

刘上洋

————————

一

　　每当到外地出差，总有些热心者问我哪里人。我回答是江西老表。对方先是点头一笑说："是革命老区来的，你们那里山好水好人好。"话语之中既有赞美之意，但也暗含着另外一层不便表露的潜台词。讲过之后，他们又会把眼睛瞪得大大的："为什么大家都称你们江西人为老表呢?"惊奇中带着一种迷惑不解。

　　是的，在许多外地人看来，把江西人称为老表，似乎是一种贬义，是瞧不起江西人，因为"老表"这两个字很土气，很下里巴人，就像上海人把所有的外地人叫作阿乡一样，是在用一种特殊的称呼骂人。

　　尤其使人纳闷的是，不仅外地人称江西人为老表，江西人也自称为老表。

　　世界上哪有这样自己贬损自己的?

　　其实，江西老表这个称呼不含有丝毫的讥蔑之意。

在中国传统的亲属关系中，兄弟姐妹的子女之间互称老表，年龄大的叫表哥、表姐，年龄小的叫表弟、表妹。表亲之间，虽不是直系亲属，但也有着一定的血缘关系。

把江西人称为老表，流传最广的有两种说法。

一种是始于明朝初年。为了争夺天下，朱元璋和陈友谅在鄱阳湖展开了激战。当时，碧波荡漾的八百里湖面到处闪动着刀光剑影。有一次，朱元璋打了败仗，被陈友谅在后面紧追不放。正当朱元璋走投无路之际，一位善良的渔民出现了，他把朱元璋领到船上藏了起来，然后摇着橹向湖心扬长而去。朱元璋得以安全脱险了。在离开的时候，他含着眼泪对这位渔民说："谢谢你的救命之恩！如果以后我打下江山做了皇帝，你就去京城找我。臣子和卫兵如不让见，你就说是我的亲戚江西老表来了。"过了几年，朱元璋终于战胜了陈友谅，在南京如愿以偿地穿上了皇袍。这位渔民带着几个同乡去看望当今的天子，果然，他们在皇宫内外不论遇到什么人，只要说一声"我们是皇上的亲戚江西老表"，就一路绿灯，畅通无阻。江西老表也就从此叫开了。江西老表，皇帝的亲戚，可见这个称呼是多么的高贵且令人羡慕。

另一种是始于同湖南的关系。江西同湖南，不仅山川地貌极为相似，而且地相连，人相亲。据统计，现在湖南的六千多万人中，大约有百分之六十四的人祖籍是江西。这样就形成了一种历史的亲缘关系。加上两省长达近千公里边界人家的长期相互通婚，他们的后代便以表亲相称。表亲者，血亲也。由于江西是祖上所在地，湖南人也就渐渐尊称江西人为老表哥，久而久之，干脆把"哥"字省去叫老表。于是老表也就成了江西人的代称。

可以说，在一个有着四千四百多万人口的省份，老表这个唯一统一称呼只要一讲出来就知道是哪里人的，在全国恐怕也只有江西。

江西人也以有老表这样一个称呼而感到非常自豪。无论海角天涯，无论素昧平生，相互之间只要听到"我是老表"，马上就像久别重逢的亲戚一样。

江西老表，一个洋溢着浓郁亲情的名字。

二

在中国地域文化的研究中，存在着这样一种现象，就是江西老表虽然广为人知，但对江西老表的性格却很少论及。即使论及，也是寥寥几笔一带而过。有人说得更直白，江西老表没有什么给人印象深刻的突出特点。

所以，在中华民族这个大家庭中，江西老表的性格一直处在被忽略的地位。

不过，没有鲜明的特点也许就是江西老表最大的特点。

你看，在人声嘈杂、杯盘交响的餐馆里，江西老表有着自己的"吃文化"。他们也吃辣，但不像湖南人那样猛烈，可以把一只干辣椒放在嘴里嚼得眼泪鼻涕一大把；他们也吃甜，但不像江浙人那样每菜必糖，甜腻得使人不愿动筷子；他们也吃鲜，但不像广东人那样讲究配料烹饪，一定要让人吃得津津有味直咂嘴；他们的口味也偏咸，但不像北方人那样上桌就是一盘盘卤菜，来个大碗吃肉，大杯喝酒。江西老表这种"不太辣、不太甜、不太鲜、不太咸"的饮食风格，在全国就没有什么鲜明特点，所以赣菜的牌子也就始终响不起来。

同样，在其他方面，江西老表的特点也不很明显。人们在谈论文化时，讲到北京就知道是官文化，讲到上海就知道是商文化，讲到江浙就知道是水文化，讲到内蒙古就知道是草原文化，讲到西藏就知道是佛文化，讲到香港就知道是殖民文化，而讲到江西，就不知道是什么文化了。还有语言也是如此，从吴越软语到闽粤鸟语，从东北话到四川话，从河南话到陕西话，各自都有其鲜明的特征。但江西话就不是这样，

"五里不同音，十里不同调"，各个地方都有自己的方言，差别非常大，互相讲话都很难听得懂。这里不由得想到前些时候流行过的一个段子，说的是假如有一个外星人掉到地球上，中国各地人的不同反应：北京人首先问他是哪个级别的干部，上海人马上将他进行展览赚钱，温州人立即请他吃饭并合伙到外星球做生意，广东人先将他洗干净然后决定怎么吃，四川人邀他上茶楼打麻将，河南人立马复制几个卖向全世界。这里没有提到江西人会怎样对待。这绝不是有意的遗漏和疏忽，而是江西老表缺乏突出的个性特点，实在是难以概括。

江西老表这种没有显著特点的性格的形成，同江西的历史发展密不可分。早在春秋战国时期，江西就分属于吴国和楚国，故有"吴头楚尾"之称。以柔甘为主的吴文化和以悍辣为主的楚文化在这里交会和碰撞，并融合为介乎两者之间的另外一种文化。特别是隋炀帝开挖京杭大运河和唐代张九龄开凿大庾岭梅关驿道之后，江西成了连接南北的大通道；加上万里长江又流经赣北，江西同时又是承东启西的大门户。正是这种特殊的交通枢纽地位，客观上使江西成了人们南来北往、东行西走的主要驿站。尤其是每当北方陷于烽火连天、战乱不息的时候，江西更是成了逃避乱世的"桃花源"。最突出的是"五胡之乱""安史之乱""靖康之难"三个时期，北方的大批移民潮水般地涌向江西，他们带来了发达的中原文化，这就使江西老表的性格之中又渗进了北方人的一些气质。从一定的角度来看，江西老表的性格是东西南北性格的一种大杂烩，江西文化也是东西南北文化的一种大杂交。

各种性格和文化的交汇，既有利于取长补短，以至产生一种新的性格和文化，但同时也容易毁掉自己原有的性格和文化特点。博采众长的结果最终往往是失去了自己的所长。

这也许就是江西老表的性格没有突出特点的深层原因。

三

如果人们认真想一想，江西老表还是有着自己的个性特点的。

江西老表的第一个特点，就是温和守矩而缺乏敢为天下先的精神。

江西老表的温和守矩，首先表现在做人做事的低调上，他们不善张扬，不善自我标榜，也不善唱高调。有了成绩不沾沾自喜，挨了批评也不暴跳如雷；得理时不盛气凌人，失利时也不怨天尤人，无论何时何地，都保持着一种平静的心态。同时，他们也不喜欢挑头，不轻易越雷池一步。凡是遇到重大的事情，他们会格外谨慎，先是站在远远的地方，斜睨着观察一下动静，心里盘算一下利弊，然后再决定是否行动。江西在历史上的绝大多数时间里之所以能够保持社会安定和经济繁荣，主要得益于江西老表的这种温和守矩的性格。

江西老表的温和守矩，还有一个重要表现，就是服从大局的意识很强。每当党和国家需要的时候，他们会毫不犹豫地牺牲局部支持全局。人们永远不会忘记，在那艰苦卓绝的战争年代，为了革命的胜利，江西老表争先恐后地把自己的优秀儿女送上前线打仗杀敌，一曲《送郎当红军》至今唱来仍然那么荡气回肠。人们也永远不会忘记，在五十年前人民共和国处于三年困难时期，为了解决一些地方百姓的饥荒问题，周恩来总理飞赴南昌，要江西紧急支援一亿斤粮食。江西老表二话没说，宁可自己勒紧裤带，忍饥挨饿，硬是一斤不少地把粮食交给了国家。

危难之时见境界。江西老表的这种服从大局的意识，已经远远地超出了其本身，而上升为一种自觉的奉献精神了。

但是，正像有些群体的某一性格既是突出的优点但同时又是突出的缺点一样，江西老表温和守矩的性格，在另一方面又暴露了它的负面和不足，这就是缺乏敢为天下先的闯劲。

由于不敢闯不敢冒，江西老表在前行的路途中总是显得小心翼翼，顾虑重重，特别是在一些关键时刻，他们更是求稳怕乱，畏缩不前，既不敢去英勇地挺立于历史的潮头，又不敢去大胆地领导历史的潮流，而只能跟随着历史的潮流走，或者被历史的潮流夹裹着被动前行。

因此，在江西老表身上，既很难看到那种"我自横刀向天笑"的决绝和无畏，也很难看到那种"吾可取而代之"的雄心和壮志。也正因为如此，在中国历史上江西老表很少有带头造反者，很难出现气吞山河、号令天下的第一号人物，江西也就从来没有出过一个皇帝，哪怕是一个偏安于一隅的小皇帝。

江西老表的这种现象不仅仅发生在古代，而且一直延续至现代。翻开中国革命史册，江西在第二次国内革命战争时期，总共约有三十多万人参加红军，是人数最多的省份。但是在1955年中国人民解放军授衔时，江西虽然有三百二十五人被授予少将以上军衔，位列全国第一，但是却没有一位元帅，也没有一位大将。而相邻的湖南，不仅出了毛泽东这样叱咤风云的最高领袖，出了刘少奇、任弼时这样党和国家的核心领导人，而且元帅就出了三位。这充分说明湖南人的军事禀赋和领导才干比江西老表要高出一筹。

其实，这只不过是一种表面反映，在骨子里却还是江西老表没有湖南人那样具有敢闯敢冒、敢为人先的精神。

由此可见，不能敢为人先、勇当第一的江西老表，也就永远不能处于决定全局的中心地位。他们中的佼佼者，最合适的岗位就是宰辅、将军一类。他们统治不了江山，但他们可以很好地辅佐江山，成为杰出的名臣良将。这也许就是江西老表性格的必然归宿。

有什么样的性格就有什么样的命运。江西老表的历史再次印证了这个论断的正确性。

四

江西老表性格的第二个特点，就是不排外，但会搞内耗。

一般地说，移民地区都不排外。因为大家都是从外地移居来的，倘若排外岂不把自己也给排挤掉了？也许因为江西是古代移民比较集中的地方，虽然经过了漫长的历史风雨，但江西老表的不排外却随着他们滚烫的血脉被一代一代地传承下来。这样，不排外也就成了江西老表最优秀的品格之一。

每逢有外地官员到赣任职，江西老表总是以一种特殊的大度予以欢迎。尽管开始时他们的心里也打着问号，脑子里也有些疑虑，但是背后不会指指戳戳，更不会去抱成一团做一些抵制之类的小动作。相反，还会主动地支持外来官员开展工作，特别是在差额选举时，宁可本地官员选不上，也要保证外来官员高票当选。倘若有哪个外来官员人品出众，才能非凡，做出了显著的政绩，那江西老表更是会奔走相告，广为传颂，以至成为其忠实的崇拜者。所以凡是到江西工作的外地官员都有一个共同的感受，就是很容易融入当地，没有陌生感，没有孤立感，没有隔阂感，没有一堵无形的墙堵着他们，因而工作起来也就十分地舒心和顺利。

同样，由于这样那样的需要，从过去到现在，不断地有一批又一批的外地人来到江西定居，不论他们是大学毕业的学生，还是从部队转业的军人；不论他们是从沿海省市随工厂整体搬迁而来的工人，还是因水库建设而移居来的农民；不论他们是"文化大革命"中从上海下放而来的知识青年，还是从外地来赣的大量技术和务工人员，江西老表都像对待自家人那样，给这些不断出现的新面孔以温暖关心、以支持帮助，使他们很快地安心下来，成为了新的"进口老表"。

江西老表不排外，使赣鄱大地这方令人陶醉的青山绿水显得更加地多彩和大气。

但是，在江西老表内部，却是另外一种景象，无处不在的内耗，简直让人触目惊心。

倘若你到一个大家庭里去就会发现，同为一个父母所生的兄弟姐妹之间，不是情同手足和睦相处，而是相互之间像乌眼鸡似的，你盯着我，我盯着你，生怕自己吃亏别人占便宜，有时甚至为了一点利益方面的小事，相互大开恶口，大打出手，闹得不可开交，最终结果是亲人变成了仇人。

倘若你到一个村庄里去就会发现，村民之间不时会出现种种摩擦和纠纷。如果这个村庄是同一个姓的，那每一个家族便会自动地结为一个利益共同体，并以此来对抗其他的家族。如果这个村庄是多姓的，那人口最多的姓就处于一种主导地位，无论是选村干部还是利益分配，常常是独占先手，这样就引起其他姓氏的不满，直至发生严重的冲突。这种因宗族和姓氏产生的内耗，使不少农村常常处于不和谐不稳定的状态。

倘若你到一个单位里去就会发现，表面上大家都笑容可掬，客客气气，然而在风平浪静的下面，却是暗流涌动，旋涡翻滚。有时为了一个职位或职称，互相钩心斗角，你争我夺，背地里使绊子，设障碍；有时为了在领导面前争宠，不惜拨弄是非，打"小报告"，使"离间计"，欲置对方于死地而后快。还有一种人只做两件事：别人成功了，他拼命嫉妒；别人失败了，他到处讥笑。所以，在不少单位，一个平庸者，对其的阻拦者往往很少；而一个出众者，对其的阻拦者却往往很多。这样，随之出现的也就不是优胜劣汰，而是劣胜优汰，平庸者不断得到升迁，出众者却很难出人头地。

在江西的官场上，流传着一种"出生入死"的说法，其含义为：凡是调出到外地工作的江西干部都有如蛟龙入海，大展才华，因此被委以重任；而留在本地工作的江西干部，即使德才兼备政绩突出也难以提拔。造成这种现象的原因虽然很多，但其中最重要的一条就是江西干部的内耗。在有些省份，本地干部有一种"抱团"精神，彼此之间相互信任，相互支持，相互帮助，相互维护。而江西的干部却不是这样，不仅"以人划线"，搞"小圈圈"，而且对不是属于"自己的人"百般排挤，甚至打压。由于相互内斗，江西也就很难出干部。大家不是都慨叹如今在中央和国家各部委以及外省市任职的江西籍领导干部太少吗？这并不是江西干部的能力和水平不行，而是江西干部太会搞内耗。

内耗，耗掉了江西老表的元气，耗掉了江西老表的精力，耗掉了江西老表的自信，使江西老表始终构不成一种整体的合力。

江西老表的不排外和内耗，看起来似乎很矛盾，其实是一个硬币的两面。不排外是表象，内耗是根源。因为内部不能平衡，谁也不希望别人比自己好，因而相互制约，相互拆台。在这样一种心态的驱使下，唯有外面来人，各方都感到自己没有吃亏，都感到对自己没有威胁，所以也就一致地拥护和接受。

因此，江西老表的不排外，并不表现为一种具有现代意义的真正包容，而只是一种以不损害自身狭隘利益的被动容忍。

五

江西老表性格的第三个特点，就是有小聪明，但缺乏大视野。

有一首歌曾经唱遍大江南北："江西是个好地方，山清水秀好风光。"

俗话说，一方水土养一方人。正是这怡人的灵山秀水，哺育了一代代聪明的江西老表。

从古至今，江西老表虽也不乏大聪明，但从整体上来说都属于小聪明。

精于各种各样的智巧技艺，是江西老表的一大特长。景德镇的瓷器，以其"薄如纸，白如玉，明如镜，声如磬"而誉满天下；萍乡万载的爆竹烟花，在古老的神州大地绽放着喜庆的声音和吉祥的图案；樟树的药材，在中国古代中药加工技术方面独领风骚；宜春的夏布，在华夏的纺织技术方面独树一帜。在许多村庄，一方方精美的木雕和石雕令人拍案叫绝；在城乡的每个角落，一个个从事堪舆和星相的江西老表身影充满着高深和神秘。应该说，诸如此类的工艺技术，虽不要大智慧，但却离不开心灵手巧的小聪明。江西老表在这方面似乎有独到的才能。

江西老表还有一个优势，就是善于经营小生意。"一个包袱一把伞，跑遍全国做老板。"明清时期的江右商帮，不仅将生意做到了湖南、湖北、云南、贵州、四川等地，而且在江浙和北京，他们的生意也很活跃。遍布在许多地方的大大小小的万寿宫和江西会馆，就是江右商帮的活动场所。有一则资料这样告诉我们，从明至清，全国各地的万寿宫共有一千多座，而在北京的江西会馆则从明初的十四所增加至清光绪年间的五十一所，五百多年来一直位居全国的榜首。江右商帮以其独特的经营方式创造了小农和自然经济时代商业的辉煌，被称为与徽商、晋商齐名的全国三大商帮之一。

然而，使人遗憾的是，江右商帮的生意无论怎样也难以做大，既没有出现像徽商那样坐拥巨资、堪与王侯相比的富商大贾，也没有形成像晋商那样经营票号行业的垄断巨头。这不能不是江西老表的一个悲哀。

其实，岂止是在古代，就是在现在，江西老表的生意都始终在"小"字上打转转。许多人还记忆犹新，当改革开放刚刚兴起的时候，江西老表在不少方面开创了全国"第一"：第一辆摩托车是江西造，第一台电风扇是江西造，而且汽车和电视机的生产也遥遥领先于一些兄弟省份。在20世纪80年代，当看到江西汽车飞奔在大江南北，赣新电视辉映在千家万户时，江西老表的心里该有多么地自豪！而那时，安徽的奇瑞汽车和四川的长虹电视还不知道在哪里。但此后仅仅过去了十几年，事情却来了个一百八十度的大转弯，奇瑞汽车以其"初生牛犊不怕虎"的劲头迅猛发展，一举驰骋于国内外市场，并成为我国唯一具有发动机自主知识产权的汽车品牌。长虹电视也异军突起，一举成为全国销量和品牌的霸主，并出口到世界各地。反观我们江西，曾经为全国第一的摩托车和电风扇不见了，曾经为抢手宠儿的赣新电视机消失了，江西的汽车也因几次错失良机被远远地甩在了同行业的后面。历史的车轮从来就是这样地滚滚无情。

好的幼苗却长不成参天大树，领先的产品却发展缓慢以致被淘汰，这不能不是江西老表心上永远的伤与痛。

为什么会出现这种现象？有人认为是因为江西老表醒得早、起得晚、走得慢。

这也许有一定道理，但绝不是事情的本质。根本的原因在于江西老表的视野不宽。缺乏大的视野，眼光就看不远，生意就做不大，往往会小富即安、小进即止，这样不仅会导致已有的东西渐渐丧失掉，而更为严重的是会因看不清发展前景而坐失壮大自己的良机。有一则故事令人啼笑皆非：1970年，国家决定在江西建设第二汽车制造厂，这本来是一次千载难逢的机遇呀！但江西却婉拒了，理由是有了这么一个几十万人的厂子每天要供给大量的粮食蔬菜而抬高物价。这个"小算盘"打得也太精明了。于是，该厂改在湖北的襄樊落户了。江西老表就这样因为自己的小聪明而失去了一个关系全省长远发展的大企业，可见小聪明一旦失去大视野会产生多么可怕的后果。

江西老表的视野不宽还和江西的地形有着某种关联。

打开江西地图，人们就会发现其形状就像一个大盆地，四周几乎都被高山包围着。东面的武夷山隔断了通往闽浙的商道，南面的大庾岭阻挡了广东吹来的海风，西面的罗霄山挡住了三湘的英武之气，东北面的怀玉山和西北面的幕阜山则像两只钳脚一样夹峙着，仅给江西的北部留下了一个小小的豁口。而全省中北部的地势却比较低，从南向北贯穿全境的最大河流赣江以及抚河、信江、修水、饶河，犹如五条巨龙，不仅从不同的方向汇集成了浩瀚无际的鄱阳湖，而且在赣中北部冲积成了一片广阔的平原。人首先是自然环境的产物，也许正是这种盆地地形，使江西老表不知不觉地产生了"盆地意识"。由于被四围高山遮住了视线，江西老表也就陶醉在"采菊东篱下，悠然见南山"的盆地生活之中。

看不见外面的精彩世界，江西老表的视野怎么能大起来呢？胸怀怎么能宽起来呢？

六

江西老表性格的第四个特点，就是会读书，但缺乏创造力。

有一组数字足以说明江西老表具有超乎寻常的读书天赋。

自从隋朝创办科举制度直至清代末期的一千三百多年间，全国共考录进士约十万人，其中江西就达一万人，占全部进士的十分之一。

在江西吉安、临川等地，曾经出现"一门三进士，五里十状元"的盛况，"唐宋八大家"之一的曾巩，一门五人同登进士科，祖孙六代有三十八人考中进士。

在中国历史上，第一个书院诞生在江西，这就是唐代德安陈氏宗族创办的东佳书院；在全国第一个最具规模最具影响的书院也在江西，这就是庐山白鹿洞书院。

遥想当年的赣鄱大地，那是怎样的一种景象啊！在数以万计的私塾里，在遍布各地的书院里，多少学子正襟危坐，在老先生严厉目光的监视下，诵读着四书五经。每当考试来临，学子们又纷纷告别书斋，穿上长衫，不辞辛苦，跋山涉水，行色匆匆地奔走在通往城里考场的乡间小道上。特别是参加殿试，从江西到京城，那可是几千里之遥，一走就是几个月，途中要经受多少风雨，历尽多少艰险！为了中榜，多少人从青丝熬成了白发，从耳聪目明熬成了老眼昏花。读书奔科举，构成了江西历史上一道最为亮丽的文化风景线。

如果说历史的辉煌已经暗淡了的话，那么今天的江西老表是不是还喜好读书呢？

答案是肯定的。岂不是吗？近三十多年来，尽管江西的经济仍欠发达，但是在历届高考中，江西的录取分数线都是比较高的，而且比一些发达地区要高得多。同样的分数，北京、上海和广东等地的考生可以上重点大学，而江西的考生却只能读一般本科院校。于是，在前些年大学录取比例较低时出现了不少学生"在江西读书，到外地高考"的"飞地升学"的怪现象。特别是那个被誉为"才子摇篮"的临川中学，更是以其不同凡响的教学质量和名列全国前茅的升学率，吸引着来自祖国四面八方的求学者。这里，每年都有许多优秀的学子源源不断地走向北大、清华等一流的高等学府。

也许就是因为江西老表会读书，所以在中国文学和学术的灿烂星空中，出现了一连串闪闪发光的江西人名字：陶渊明、欧阳修、王安石、黄庭坚、曾巩、晏殊、朱熹、陆九渊、文天祥、汤显祖、八大山人……

江西老表会读书，关键在于有一个代代相沿重视读书的传统。无论是在偏僻山区的土屋里，还是在江湖平原的农舍里，不管什么人家，哪怕穷得锅里没有一粒米，也要想方设法养上一头猪，以供养孩子上学读书。对于许多人家来说，有了猪，就有了孩子的学费；有了猪，就有了孩子的前途。正是养猪，使一些处于贫困和社会底层的子弟有钱读书而改变了自己的命运，不少父母也通过养猪实现了望子成龙的愿望。

在人们的心目中，猪是愚蠢的象征，想不到江西老表却用它铺就了一条长长的通向聪明之路。所以，很多人对此深有感触地说："江西老表，一会养猪，二会读书。"

按一般逻辑，读书好坏同创造力的大小是成正比的。读书好的人创造力相对比较强，读书差的人创造力相对比较弱。如此看来，江西老表会读书，他们的创造力也一定非常强。

然而，事实却并不是这样，江西老表所缺少的恰恰就是创造力。

江西老表创造力的缺乏，集中体现在创新精神不强上。他们读书，大多只是一味地啃书本，而不是把书本作为启迪智慧的钥匙；他们读书，只是一味地相信书本上的答案，而不是去有所怀疑，有所探索，有所发现，有所发明，有所创造。所以，从古至今，在自然科学和社会科学那些极需要创造力的领域，江西老表常常显得力不从心，无所作为。在长达几千年的古代，江西几乎没有出过什么有影响的发明家，也几乎没有出过什么革故鼎新的思想家。就是在近现代，江西也极少出过什么具有杰出开创性贡献的大科学家、大政治家和大学者。

江西老表创造力的缺乏，是封建文化和科举制度结出的恶果。江西是宋明理学和心学的发端地和传播地。朱熹的"存天理，灭人欲"，主张根绝人的一切欲望。陆九渊的"心即理"，认为"心"和"理"是永恒的，一切封建的道德教条都是人心固有的，也是永不变化的。几百年来，这两种学说就像两块巨大的石头，首当其冲地压在了江西老表的心头，使他们动弹不得，久而久之也就变得麻木起来。试想，一个没有欲望冲动的群体，一个深被封建道德教条禁锢的群体，他们怎么会有生机勃勃的创造力呢？

当然，导致江西老表创造力缺乏的另一个因素，是在长期八股科举制中形成的与书本知识趋同的思维定式，一切顺着书本思考，一切照着八股作文。江西老表的这种顺向思维定式通常所产生的就是缺乏创造力的"高分低能"。可见读书既可以为人类的进步插上飞翔的翅膀，同时也可以使人类的创造失去想象的天空。

江西老表，什么时候能把"会读书"真正转化为"会有创造力"呢?

七

江西老表性格的第五个特点,就是有着强烈的官本位意识而缺乏市场经济观念。

不论走到赣鄱大地的哪一个角落,人们都会产生一个相同的感受,这就是江西老表"官崇拜"的情结非常浓厚。

在一座座姓氏宗祠里,祖先中谁的官最大谁的牌位就最显眼。

在一本本厚重的家谱里,最引人注目的是那些为官进士者的名字。

在一个个古老的村庄里,最使村里人自豪的是那些陈旧斑驳的官邸、官牌和官匾。

在一次次茶余饭后,人们谈论最多的话题之一就是当官。特别是那些业余组织部长,更是趁机发布有关干部的"新闻",什么某某人要到哪任职了,某某人要提拔重用了,某某人是一匹"黑马",讲得绘声绘色,听得大家直瞪眼。

在一个家庭,不论是父亲母亲还是儿子儿媳,或是女儿女婿,只要有人提拔当官了全家都会情不自禁地举杯相庆。倘若长期没人升迁,就会悲观丧气,尤其是男性会有一种无形的压力,感到抬不起头来。

同样,在一个地方,在一个单位,一个人如果提拔得快,官做得大,大家都会赞他有本事并刮目相看。反之,一个人如果提拔得慢,或者久未得到任用,大家就会说他能力差,甚至投以鄙视的目光。怪不得在全省的每个地方和单位,都以出了大官而感到无比的光荣和骄傲。

一切以是否当官为尺度,一切以官职大小来衡量,这就是深深浸透在江西老表血液里的官本位意识。

正是因为这种浓厚的官本位意识,在江西老表中形成了一种强烈的"官磁场"。许多人对做官趋之若鹜,有的人甚至为了捞个一官半职,不惜跑门子、拉关系，使出浑身解数，甚至无所不用其极。

也许是把全部心思都用在了官场上，所以江西老表不太懂得市场，不太会搞市场经济。

不像浙江人那样可以把小商品做成大产业，不像江苏人那样可以把小企业做成大公司，不像广东人那样勇于渡船出海下南洋做商贸，不像上海人那样敞开胸襟打造国际商埠，江西老表似乎对商品和市场表现得非常迟钝。他们就像一个迈着八字方步的老先生和缠裹着厚厚臭布的小脚女人，或好奇地在市场经济的岸边观望，或小心地在市场经济的岸边徘徊。所以，直至1949年新中国成立前夕，偌大的一个江西省，除了清朝晚期开办的安源煤矿外，几乎没有什么像样的工商企业。省会南昌只有为数很少的手工作坊式的企业。就是在一百多年前被英国人辟为"五口通商"且有"小上海"之称的九江，也仅有几家规模很小的纱厂。

有这样一种观点认为，江西老表市场经济观念的缺乏，是因为没有受到近代资本主义的影响。这应该说是很有见地的。历史给人们留下了这样令人心痛的几幕：当西方列强在19世纪中叶从海上用炮舰轰开中国市场大门的时候，江西老表却还沉迷在心性命理学的清谈中；当沿海地区的工商贸易蓬勃发展的时候，江西老表却还沉迷在自己的那一片田园风光中；当邻省的洋务运动和民族工业方兴未艾的时候，江西老表却还沉迷在农耕田粮应是全省头等大事的旧式思维中。可以说，在市场经济面前，江西老表几乎是一张白纸，这样他们也就不可能有什么市场经济意识。

然而，这还不是问题的全部。曾记得温州人说过这样一句话：我们的市场意识是恶劣的自然环境逼出来的，因为人多地少无法生存，所以只得出外做生意谋生。由此反观江西老表，也许正是因为自然条件过于优越，到处山清水秀，土肥水美，使得他们坐享其成，安于现状，不思进取，世世代代在这种舒适惬意的自然经济生活中打发着时光。

由此观之，江西老表缺乏商品和市场经济观念，与其说是官本位意识太强和没有受过市场经济熏陶造成的，不如说是优越的自然条件造成的。一个特殊的地理环境，既给他们带来了大自然的巨大恩赐，又使他们丧失了生存的压力；既给他们带来了巨大的财富，又使他们背上了沉重的包袱。

一个没有生存压力而又有着沉重包袱的群体，在充满激烈竞争的市场经济大潮中是难免要沉沦和被淘汰的。

八

江西老表性格的第六个特点，就是朴实热情，但缺乏勤劳刻苦精神。

在一般人眼里，都觉得南方人比北方人勤劳刻苦，北方人比南方人朴实热情，但作为彻头彻尾南方人的江西老表好像是个另类。

江西老表的朴实厚道，可以说在全国都是有口皆碑的。他们对人对事，有一说一，有二说二，是好就好，是坏就坏，不会忽悠人，也不会耍心眼儿。而且缺乏灵活性，遇到问题不会随机应变，遇到困难不会伸手，老实得简直有些可爱。正如国家一些部委的同志所说的，江西老表从来就是不叫不到，不吵不闹，不给不要。

江西老表的热情好客，也是远近闻名的。有人讲上海人不大喜欢请客，不喜欢别人到家里做客，不喜欢连续几天陪着一位外地朋友玩。而江西老表却不是这样，每当"有朋自远方来"，他们可是"不亦乐乎"，不仅把客人请到家里，还拿出珍藏多年的好酒，烧上一桌具有当地风味的佳肴，尽情地让客人品尝。倘若客人要到什么地方走走时，他们会主动陪同，不管花上多长时间也在所不惜。江西老表对待客人的情意，就像自家门前奔流不息的小河，清澈而又悠长。

如果说江西老表待人朴实热情的话，那么他们对待自己则容易满足。

容易满足的结果，一方面是在任何时候都能够保持一种知足常乐的心态，另一方面则会导致勤劳刻苦精神的缺失。在江西老表中广为流传的"白米饭，木炭火，神仙不如我"，就是一种最典型最形象的写照。

为什么江西的百姓创业经济不发达？诚然，江西老表身上缺乏商品经济的细胞是一个十分重要的原因，但同时与江西老表缺乏勤劳刻苦的精神也是分不开的。在奉行丛林法则的生意场上，他们没有浙江人的那种"跑遍千山万水，吃遍千辛万苦，想遍千方百计，说遍千言万语"的勤奋与顽强，没有浙江人的那种"白天当老板，晚上睡地板""吃常人所吃不了的苦，赚常人所赚不了的钱"的刻苦与执着，而是一遇到艰难困苦就灰心动摇甚至败下阵来。所以，浙江人可以把生意做到全中国，做到全世界，江西人只能在本地小打小闹，很难把企业做大做强。

这不由得又使人联想到另一种浙江人。他们就是移民江西的浙江人。20世纪50年代，由于新安江水电站的兴建，大批的浙江人离开故土迁移到江西。当时，他们安家落户的地方都是荒山贫壤。经过半个多世纪的艰苦创业，如今这些地方都变成了全省最富裕最美丽的新庄园，而江西老表世代居住耕作的家园，尽管条件要好得多，但因为他们不愿付出过多的汗水而大大落在了后面。

勤劳刻苦精神的欠缺，既是江西老表人格方面的一个缺陷，也是江西老表精神层面的一个缺陷。如果说这种缺陷表现在个体身上时还不至于构成大的危害的话，那么当它成为一种群体性的缺陷时就是灾难性的了。

历史反复证明，勤劳刻苦精神永远是人类进步的原动力。哪个地方的人勤劳刻苦，哪个地方的发展就快；反之，发展就慢，甚至停滞不前。

九

从唐代至清代中期，是江西历史上最为发达的时期，尤其是宋代，更是江西老表辉煌灿烂的时期。

但是到了近现代，江西却在滚滚向前的历史车轮中明显地落伍了。

可以说，现在的江西老表遇到了前所未有的尴尬。

江西是中国革命的老根据地，本来这是一块令人向往和崇敬的红土地，但不知从什么时候起，老区却成了落后的代名词。

江西是中国中部的一个省份，曾几何时，由于既不能享受中国东部的大开放政策，又不能享受中国西部的大开发政策，江西老表这种不东不西的处境，被人戏称为"不是东西"。

也许是因为经济发展与全国特别是沿海发达地区的距离不断拉大的缘故，一段时期，江西老表到外地开会总是不声不响坐在最后一排，有些人甚至不好意思说出自己是江西人。

江西老表有些被自卑感压得喘不过气来。

有人曾把江西落后的原因归结为交通。毋庸讳言，交通兴则江西兴，交通衰则江西衰。自从20世纪初期随着京汉和汉粤铁路的建成，南北交通的重心西移，江西的交通枢纽优势便丧失殆尽，江西因而也就急剧地衰弱下来。

但是，这只是问题的一个方面。从根本上来说，是江西老表的观念和性格导致了江西的落后。

由于思想观念的陈旧和性格的劣根性，因而当20世纪70年代末和80年代初中华民族拉开改革开放大幕并逐步迈向市场经济时代之际，江西老表却显得非常地不适应，显得非常地困惑和彷徨。

江西老表明显地感觉到了自身的陋习，也明显地感觉到了自身的窝囊。

他们也想迈开大步向前进，但步履总是那样沉重，甚至有些踉跄。

他们也想扬帆出海闯世界，但总是觉得自己水性不熟，甚至有些惧怕惊涛骇浪。

他们也想开拓创新续辉煌，但总是觉得自己功底不深，甚至有些瞻前顾后。

所以，江西老表要在中国的版图上重新崛起，就必须彻底冲破传统观念的牢笼，彻底改造自己性格的劣根性。

从某种意义上来说，这就是对江西老表整体人格结构的一种改造和重塑。

无疑，这是一个脱胎换骨、凤凰涅槃的痛苦过程，因为这需要解剖自我、否定自我，没有足够的勇气是决然不行的。

同时，这也是一个不断锤炼和养成的长期过程，这就不仅需要一定的历史时间，更需要在市场经济的大海中搏风击浪，在游泳中学会游泳。

江西老表正在改造和重塑自己人格结构的征途上奋勇地前进，一个新时代江西老表的新形象正呈现在世人的面前。

可以肯定，江西老表人格结构和重塑完成之日，也就是江西老表重新创造历史辉煌之时。

江西老表，人们期待你们！

江西老表，人们相信你们！

原载《百花洲》2011年第1期

夏夜风清

凸　凹

夏夜风清

月色尚好时，正适薰风烈烈；瓜棚豆架下，便有了极好的景致。

架下，青石板墁就的地面，纹路勾得别致，似一笔泼墨，慢慢地洇开去。青石板上，几个或白或黑或胖或瘦的婆娘，或坐在杌凳上，或盘之于蒲垫，或席地打坐，或顺势朝架柱上依靠……其姿态率性而舒坦，应和着每人的性格。但绝对划一处，是每个婆娘的上身都是光祖的，被娃们千嚼万吮过的奶子都吊吊地颤着，颤着极富韵味儿的山村风光和无惊无叹的惊奇。

于是，在山村成堆的纳凉人中，便排挤了幼小、姑少和未开怀的新人。

夏夜，山村的月色多绝好。西山山口，总有极薄极绵软的雾岚极殷勤地擦着那爿天。婆娘们停当了碗炊和猪狗，便扯去护身小褂，往身上甩两把清水，用湿毛巾津津地搓擦，弹去一线一线的泥屑，还自然的本洁。然后，随手抄一把半旧的蒲扇，挺挺地奔那棚架。

依次来齐了，总是那么几个相熟的人，气味也相闻得熟悉；稍有差异，便有人嚷："哎，新鲜了，莫非要新上轿，官粉搽得倒厚！"于是，再相聚时，便没有再搽香抹粉；汗腥氤氲也好，腋臭漫溢也罢，只要从众（故乡俗称：随大溜儿），便感到格外亲切。

在棚架下坐定，噼噼啪啪地打那撞身子的飞虫……一阵繁响奏过，只要一人开腔，每日需上演的段子，便一节一节朝下演：从从容容，有疾有徐，遵从程式，按部就班。

首先是发布奇闻。

婆娘禀性好奇，白日就穷于搜罗，一时有新鲜货色，便盼夜幕早拉下，以期在伙伴面前，抖抖包袱，风光一场。

其实，脸盆大的小山村，铁板样平稳的秩序，从来缺少变幻，以至于谁家娃娃哭声高些、哭声低些，都分辨得分毫不差。于是，山村里便没有真秘密。每有事件发生，东边的话还没说完，西边的人就早已听清了舌音。所以，纳凉而来的婆娘，往往都揣着同一个秘密，急呵呵地想开头腔。极有兴致地一开口，大家都说："知道。"兴致便一落千丈，腾腾跳的一颗心，就慢慢地跳平稳；蛮跌宕的事体，便你一句我一句，不慌不忙平铺直叙了。因此，山村的奇闻便很少让婆娘们激动过、亢奋过。如此说来，山村的沟沟坎坎、枝枝蔓蔓，真有些对不住这班辛劳而忘我的婆娘。

但从山外传来的新闻，却是绝对新奇的，也是绝对为发布人所独有的。哪一位婆娘从山外走一遭回来，便成了当晚棚架下的主宰。她不紧不慢地絮叨着，且手在奶子上一把一把地搓着泥捻。她不想顷刻间跌了身价，便把故事拉得长长，极尽兴地掺些水分。看伙伴们被撩得急急措措，大呼小叫，她便开心到了极点。

慢慢地，婆娘们出山的次数与在群体中所享受的尊严，竟神奇地交织起来。于是，要强的婆娘便不妥协地从汉子手中要出山的权利。日子久了，从婆娘出山的次数，便可以看出家庭之民主、之专断，也可折射出家底之殷实、之拘涩。随婆娘出山之日猛，瓜棚下的谈资也就愈丰厚，其戏文也就愈曲折愈跌宕。形形色色地道来，惊惊叹叹地听去，山村古琴便有新韵流长，寡淡的日子就也过得有了兴致有了新意。不知不觉间，婆娘们竟还揣了不少曼妙的生意之经，于夜色迷蒙中抖搂，也商讨起山村富庶之大计，不仅调大了各自出山之胃口，也提升了瓜棚豆架下的风情格调，一群琐碎小女子，竟也人物一般了！

其二便是议人家小。

俗语云：婆娘的嘴，吃饭的腿。婆娘好发议论，且常议及人家的隐私和短处，也就常常招人恨骂。其实，婆娘们议人短长，也是有客观的是非标准的。

一日，李婆娘提起西边的大柱，王婆娘便哈地一声接话："恁精的小子，天天读死书；连考了三年大学不中，竟不想一想其他的出路，还偏偏要再考，你说死性不死性？"见自家话端有人响应，李婆娘便极真诚地点头，"极是！极是！山里娃有出息的人多了，二妹高中毕业学养蝎，不也发了？一条道儿走到黑，这人不是呆就是病。"王婆娘阐述道："也不是的，大柱爹当书记那会儿，整天介拉大闺女钻高粱地，名声扫得那么净，他便死活要柱儿给他长脸，生拉硬拽地，不连柱儿毁了也邪！"王婆娘那张阔脸，竟抽搐出无限凄恻，众婆娘便一齐点头："害人！害人！"改日再见了大柱爹，婆娘们便唰地转过头去，狠狠地吐唾沫，冷冷地甩话音，爱憎分明立竿见影，直弄得大柱爹的脸色一片灰暗，恨不得化鼠钻洞。

于是，在婆娘面前，人们便争强斗气，力图把事业混得顺达兴旺，把人做得规矩端庄；少留话柄给婆娘，免得被狠狠地揭裂了情面，疼得无着无落，窝窝囊囊。

……

夜已深，风愈清，月更明，便到了婆娘自诉衷肠时分。

山村婆娘各有各的艰涩，各有各的苦衷。汉子们东跑西颠，失了耐性，难得听婆娘倾诉一回。有时，婆娘不禁在男人面前叨叨絮絮，不期竟惹起汉子的一股莫名之火，徒然招来一顿打骂，被骂过打过，也无处申冤，便向隅而默默独泣。于是，婆娘们便把一肚子的委屈，连根带梢地带到晌晚。待服侍完夫家，便抽冷子扎到姊妹群中，边纳凉，边叨念，招姐妹们一阵唏嘘，得一片理解，于挂泪的眉梢绽出一抹笑，得一点小小抚慰。

其实，在婆娘的记忆中，甜蜜总多于苦涩，自家的珍奇和幸运也时时如雨淋过的笋尖，茁茁壮壮地生长着。于是，月光下，她们常把体己的事体当笑话痛快地宣泄，也把自家的福分公之于大家享受。一婆娘的一身新衣，总被众婆娘依次试穿，一婆娘的一种感受总被大家依次评品……婆娘们能掏的都会掏得透亮而彻底，丝毫的小气和拘泥都会败坏了瓜棚豆架下的囹圄情分！于是，一个婆娘就是一片云，就是一片温馨，瓜棚豆架下，是她们憩息的港湾：从你身上找到了我，从我身上找到了你；你温馨了我，我温馨了你；浑然而一体，日日月月总相依！

其实，纳凉不仅是山村特有的乡土风情，更是一脉从远处走来又朝渺远走去的绵延不绝的民间文化。文化之温温、之古道；乡情之温温、之古道，已深深嵌入山民的皮肉和灵魂。小时候，我总是偷偷地奔窜于一个个瓜棚豆架，于懵懵懂懂中，知道了该知道和不该知道的许多。山里婆娘，不仅用乳房喂养了我，而且也用她们创造的俚俗文化启蒙了我，使我早熟，有了一般山里少年所没有的忧郁气质。这或许也是我亲近文学的一个潜在的诱因。

但不知从何时起，山里人在房前屋后种瓜点豆少了；荫荫的瓜棚、袅袅的豆架便日益寡落。有三两只雪白的遮阳棚伞，竟星般飘入山际。

月轮一爬上山口，那伞便把水一样的华光，极刺人地朝四下泼送。然而它奢华而不温馨，有心的婆娘们便于心头荡起汩汩的不安，便吆使愈来愈图享受的汉子，去努力把原始的棚架搭起来，把瓜秧豆蔓于棚上架上，扯得绵密些……她们并不是有意地对抗什么，而是她们内心需要。一如有人喜欢总是穿布鞋走路，不是装朴实本真的样子，而是服从脚。

秋草缱绻

山口之外，除了一所学校，还有一座兵站。

原认为，兵是用来打仗的，腰杆挺挺，枪刺亮亮，有威武雄姿。而兵站里的三十几号人，那军装穿得皱皱，总也提不起精神；但却养了两百多匹马，两百多匹体格壮伟的马。

清晨，几个兵将马拉出去，踏踏地走成两行；顷刻间，那山谷里便有隆隆的响声回荡。

于是，刚有秋风吹几缕，那兵站的大胡子站长便骑一匹快马，进山来，找村人要干草。他开了好大一个价儿，每百斤八角钱。村人便连夜将草镰翻出，在砺石上使劲磨。

父亲下窑回不来，母亲便找么姑搭伴儿。身后，那驴高马大的米柱儿竟也跟着，回头看他，他便眨鬼眼逗看他的人。米柱儿，姓米，孤儿寡母从山外搬进来，极孤僻，整日里愁眉不展，可惜了他那张好面相。

……终于有一坨草好茂密，厚而齐崭，且有茸茸籽穗相扑打。那籽穗里有一包瘪米，微苦而甘，人饥皆可煮而食之，马儿自然就极爱吃。

母亲对么姑说："一坨草，够打一天的。你和米柱儿在阳面，我们娘儿俩在阴面，中午在坨顶歇晌。"那干粮袋便甩在坨顶，人则顺势溜到坨底，停也不停，便将身子深深地埋进草里，噗噗嚓嚓地把草打起来。

那草镰素日拿在手上，好轻飘，但和细而成束的草秆相较，便觉沉重而拘涩。半个时辰未到，手上的青筋便蚯蚓般蠕蠕地绽，镰刀砍在草上便失了气力，久久也割不成把束。再看母亲，则腰弯如弓，将草大把地朝怀里薅拢，顺草倚倒的方向，极迅速地一抹那镰，就已割下满抱的草；扎成大大的一捆，很潇洒地扔在一边，就又朝前进身，待她将腰直起，人已立在半坡了。

打草极爱小解，开镰前母亲便叮嘱：有尿就往阳坡跑，别偷懒在阴坡撒，一撒会中病的。于是，一有那意思，我便扔了草镰，惶惶地跑向坨顶。草可以少打几把，病却千万别中下；然而也忒奇怪，竟久久看不到母亲朝坨顶跑。正思忖间，母亲已打到了坨顶，回头朝我望一望，说了一句"就在坨顶等妈吧"，便又哧溜地下坡去了。待我在坨顶坐定，母亲也已将属于我的那条窄窄的草带剃完毕。母亲的头发已被汗浸得如雨浇过，一缕一缕地纠结在头顶，青青的头皮便闪闪烁烁，那素日极苍白的阔脸，也红紫若猪肝，显得有些丑陋。我心中有些异样，便不忍再看她。

俯身朝阳坡睃，幺姑和米柱儿才打到半坡。臀撅得倒翘翘，动作却极滞缓，三两镰刚上去，就直腰喘大气。"他们可真笨！"我心里说。

母亲大声叫："上来吧，别把晌午饭也给省了。"幺姑和米柱儿便闻声像脱兔一般朝坨顶蹿来，片刻间便把饭袋在摊平的膝上放稳了。

我打开饭袋，不禁呀出声来。那小米饭上竟爬了一层黑黑的蚂蚁，正贪婪地啮食那几块酱红的猪肉。那是母亲特为打草的儿子准备的。我不知所措，便哇地大叫。母亲接过饭袋，"该死的黑货，也知道找肥的叱啊！"骂完便用草秆往外拨那蚂蚁。那小物种竟极顽强，愈拨愈多，母亲便拨得失了耐性，她将饭袋扔给我，"就凑合一下吧，活该你没那口福！"不待我省悟，她已埋头吞那饭团了，佐着那一层黑色蚂蚁。我吃了一惊，失声喊一声"妈"！母亲并不看我，只管埋头吞咽。那咀嚼声极响脆，咯吱咯吱，若炒热的芝麻被木杖擀。

将饭吞完，母亲灌了好大好大一顿凉水，之后极舒坦地笑笑，让我躺一会儿歇乏，并将外衣脱下，盖在我的头上。她则接着打坨顶的草，片刻也不歇息。

我躺在草丛中，静静地听母亲割草。那声音利落而有节奏，像蕴着无尽的力量。

下午，坨上的草，早早就打完了，母亲、幺姑、米柱儿便互相帮衬着，打了三个大的草背子。剩下的草，便簇成堆待来日。母亲并不要我背，心疼我那柔弱的腰杆。等母亲三人将草背起，竟像赫然搬动了三座小山。

村口架着一架台秤，支书和胡子站长含着笑，招呼归来的人群。

母亲、幺姑和米柱儿依次将草称了，母亲的草竟比米柱儿的重几十斤。三人中就数米柱儿的草背子大，竟有这样的结果。我要支书再称称，支书竟哈哈大笑："小子心眼儿不坏——你娘打的是阴坡草，草湿、气饱、穗大、秆重；好下镰，好上捆，且捆小量足，背起来也不兜风，顺溜！"米柱儿竟也嘿嘿憨笑，无怨无尤。只是幺姑将嘴噘得别致，我便为母亲的狡狯生出一团又一团的惭愧。

天渐渐凉了，草就打得渐渐不容易；村人便都跄跄跌跌去占山，好有资格不慌不忙地打阴坡草。母亲、幺姑和米柱儿便撇下我，灵猴般满山跑，将手中的标子插上一道又一道山梁。三人的标子上都拙拙笨笨地写着：刘舍哥。那是母亲谜一样的大号。

将坡占得足够施展，母亲我们一行四人便将一个接一个的日头，依次在一个接一个的坡坨坨上消磨。

母亲仍打阴坡的草，幺姑、米柱儿竟心甘情愿地放弃那份权利，整日里待在阳坡上。他们每天打的草比母亲的要少得多，却未有一丝羞惭；好像他们并不在乎那几捆山草，在乎的是在阳坡上的日子。我便心里骂他们："这俩人，怎会这样！"

那日，草打得实在没兴致，母亲也只顾打她的草，心里有话更无处说，便踅到阳坡上，找么姑和米柱儿。

那阳坡上竟没人，砍倒的一片草竟随意地摊散着，也不打捆；两把钩镰则被甩在一边，刀刃上满挂了土屑。真差劲儿！我心里说。因为真正的打草汉，草镰锃亮如雪，是挂不得一点泥星的。母亲那镰就这样。

正要转身离去，不远处竟咯咯发出一串笑，再听时，竟断了。只见那草窠窸窸窣窣地动，像一群雀子正酝酿飞翔。心中便陡地生出好奇，便蹑了手脚朝那边探索。

近了，我惊呆了：么姑正倚在米柱儿怀里，那薄棉褂儿上的纽子竟有两粒开了……我愤极，大咳一声。么姑倏地就将身子闪开了，迅疾如鬼。看见是我，她竟说："咳，原来是只小狗。"我便尖尖地骂一声："脸皮太厚！"愤然朝回走。走到半途，竟想："么姑好黑好黑的脖子脸，胸脯竟恁白，怪了。"

跟母亲一说，她竟"妈唉"一声抛了草镰，笑翻在地，且将鼻涕眼泪笑出来了。

中午吃饭，米柱儿躲得远远，兀自吃他的饭；么姑却仍然坐在母亲身边，将窝头啃得极香甜。母亲居然也不骂她，只说一句："死鬼，搂着点儿火，别太野了。"竟又平安无事。回家路上，母亲却嘱我："奶奶面前，可别多嘴！"我便久久懵懂，直到情窦初开才知道，一如野草一遇到火毕竟要烧，青年男女只要近在一起，即便是艰苦的劳动和清贫的生活，也挡不住他们泛滥的春情。这或许也是大自然的一部分吧。

入冬以后，手伸不舒展了，坡上的草便也揽不到怀里，村人就罢了镰刀，而是将秋日里囤下的干草一趟复一趟地朝回背运。

跑了一秋的山路，我的腿也跑得爽快了，便也背上小小的一捆，衬衬母亲的脚力。打下的草经秋风吹过，就变得干脆而浮饱，母亲的草背子便胀得很肿大，但从秤上走过，却不及百斤，母亲便很失望，轻轻嘀咕：真不如秋上少打些，早早都把草运回来。后来，当草背到离村口近了，母亲便拣些滚圆的小卵石，将几只衣袋装满。正要问母亲，母亲却要我也装一些，"甭问，随妈走就是了。"

我随母亲连人带草被称过，正要返回称体重，母亲却拽了我的手，"不解解手吗？"到了背人处，母亲低声说："快把兜里石子掏出来，抛远些。"我便知道了，母亲是在找便宜；但我并不言语，不中用的儿子是没资格埋怨背负太重的母亲的！

那日回得晚，未过秤的便只有母亲我们四人。母亲刚将草称过，支书便叫母亲慢走，母亲正愣怔间，支书已极迅疾地将草捆一一抖开，且仔仔细细搜寻，像搜寻宝物一样。我、幺姑和米柱儿也依次被查过，才听支书叫走。

母亲明白得快："支书，莫非是有人夹石头了？"支书说："除了你们，都夹了，太丢人了！"

果然草堆旁有一堆各色的长条石头。

支书对胡子站长说："站长，对不住，将石头称了，从草里刨吧。"胡子站长久久沉吟，竟说："别，乡亲们也不容易，穷啊！"

支书的泪唰地流下，紧攥了站长的手，久久不松开。母亲、幺姑、米柱儿和我便在边上陪着，心里很不是滋味。

……草秋终于过了，母亲挣的钱自然要比幺姑、米柱儿多了许多，便整日里串门，将她那一份得意、满足和热情执着地传播。而幺姑和米柱儿却很不在意，只是那野性的爱情熟得再藏不住了，一如熟了的果实必然要红在枝头。终于被恼怒的祖母赶出家门，欢悦被浸泡在泪水中了。

母亲在村口送他们，死命地将一卷钞票往幺姑手里塞了，叮嘱他们："千万要善待自己啊，等老人家气消了，还是要早些回来。"

现在的山草更茂密了，茂密得一如荒野。但再也见不到割草的人了，因为廊檐下他们有了新的生活。幺姑和米柱儿的儿子在大学里谈恋爱，给女孩讲了父母的故事，女孩竟久久地陷入冥想，最后，轻轻地说道："真好！"

年关景胜

近些年来，年关虽然到了，但心里却极漠然，好像年节是一桩可有可无的事。这或许是小城生活给我留下的阴影。因为，城市对年节很麻木：楼墙栉比，铁栅毗连，洋洋的喜气，均被挡在一幢一幢灰色的空间了，街衢上是显得很冷清的。城市当然也有串年门子的，但那只是礼节性的，来得仓促，去得匆忙；早早地关了自家的门扉，只家里人围个热锅子，弄一番全家欢。所以，城市的年节是封闭的，是个体的，温馨虽温馨，但不热烈，有血性的汉子便受不了。

而山里却不。

山里过年过得极开放极群体；大家乐在一起，其情也切，其气也昂；爆裂的节日气氛，欲将山壁撑裂。

所以，山里过年才叫真过年。

一进腊月，碾砣子就将昼与夜碾成连襟。家家都碾黄面，家家都蒸枣子年糕。没有枣子糕的年，在山里不叫年。腊月里还有一桩最兴盛的，便是腌腊肉。素日里，山里人抠鸡屁股换钱花，日子节俭得要死。过节时，却嘶地就杀一头几百斤的大肥猪，成方成块地在大锅里煮，用满缸的卤盐水腌。除夕晚上，将缸里肥白的肉方捞上一块来，在黑乎乎的案板上，用长长的猪刀切成又大又薄的卤肉片子，就大碗的老酒，所有人没有不喝舒坦的。

腊月十八那天，是山里吃糕的日子，都把盛满枣子糕的蒸笼敞开盖子，稳在灶膛的温火上，任香润的雾气于室内缭绕。街坊邻居便一个一个地上屋来，从蒸笼中取一片糕子吃。吃过，便说一声好，再到别的家里去吃一片两片。这一天，你要登所有村人的门，尝所有村人的年糕。即便平日有些隔阂的人家，你也要走到；走到了，便一切积怨都得以化解。这叫怨艾不过年。当然也有褊狭的人，故意不登你的家门，让你哭笑不得。对此，山里人自有处理的办法，便是将属于那人的一块年糕，扔到院中去，口中喊一声："就当喂狗了！"便不再挂牵那一方恩怨。

山里的除夕是通宵醒着的。男人们都簇在村中老槐树下，烧硕大的一堆柏枝火，这叫守岁。而"柏"谐"百"，是企盼人人都眼对眼地活到百岁，谁也不离开谁。所以，除夕前，每个男人都自觉地砍好多好多柏枝回来，让那堆冲天的篝火烧不断档。青苍的柏枝在火上烧，柏油就烧得流溢，火焰便芬芳无比，众人的鼻翼便都张得彻底，通体清爽。还有，那柏枝燃烧时，会吱吱地叫，便把一颗颗质朴的心撩拨得不再平静，就跳，跳一种杂沓的韵律。

烧柏枝火的同时，谁也忘不了在自家屋檐下，将长长的炮辫子舒舒展展地朝一只洋铁桶中顺下去。待熬到午夜，便呼地奔各自的屋檐，千年封闭的古村落，便在瞬间炸开了花。小村的山就颤抖，小村的天就颤抖。这是一种绵绵的颤抖，一直颤抖到在垭口娩出一轮崭新的太阳。

在鞭炮的热浪中，会有一排排更高亢的巨浪掀过村庄的山头。那便是祖父那一班猎人放出的一阵阵排子枪。祖父带着那班猎人，站在高高的垭壁上，齐刷刷端平了猎枪，对着无边的一片青苍，宣泄出一道道的轰鸣。祖父大声喊着：

"伙计们，莫吝惜那一点狗屁不值的火药，平时，咱是为了那帮畜生活着，今儿个，为的是咱自己！"

这是一种无遮无拦的野性，让人感到一种甜蜜的畏惧。

初一早上，数稚童们最忙乱。要依次到老人们的房中去，给老人们拜年。山里人对亲人的感情是执着内向的，很难让他们在亲人面前说几句亲热话，一切皆在无言之中。这一切，当然要深深地濡染了山里童子，他们在长辈面前，就亦显得拘谨，讷讷地，把句子弄得很疲皴。但过年了，火药把山里的沉闷驱散了，人的心里都流淌着一泓春水。稚童也自然被兴奋陶醉着，觉得年关里不该有什么顾忌，平日里不好意思说出的对长辈的那几分敬意，应该痛痛快快地道出来。所以，稚童们很愿意给老人们拜年。进入老人的房中，道一声"给你老拜年了"。便咕咚跪下去，一丝不苟地磕几个响头。炕上的老人早已满眶泪水，速疾地挪下来，把童子扶起，且从灶洞里抓两把热热的糖炒栗子，将稚童的希望装充盈。童子便依偎进老人的怀中，热热地叫几声，撒一些个娇嗲，惹老人咯咯地乐起来，童子一般痴。

正月里，山里第一等要事就是唱连台的梆子戏。其盛情盛景许多人都做过淋漓尽致的描述，是颇动人的。

山里过年，当然也有手上的娱乐把戏。老太太们玩一种纸牌，类似平原的"打千分儿"。老太太们围簇在热炕上，有一搭无一搭地拆对牌，是一种安分，是一种古韵。但汉子们却玩得俗了，就是"搓"麻将。

山里"搓"麻将，起初是极规矩的：几个人围一方小桌，噼噼啪啪地将牌摔得精响，其实也只是耍的一种阵势。玩得久了，觉得太温吞，就要比个高低，也只是点相同的数十只玉米粒子，输一盘，给出一个；结局时，粒子剩得多的，自然就很荣光了——呵呵地笑过一场，也就很快扔到脑后去了。但到了后来，觉得这样是自己糊弄自己，不如来真的痛快。有人就说："还是挂点什么吧，哪怕少挂点。"有人便应和："也成。"玩时就挂些零星的角票子。这无伤大碍，却大大地刺激了汉子们的玩兴，就玩得愈来愈尽兴。但尽兴得久了，情致就又木钝了，便有冒险的招数出笼了，就是"挂"大的，就沦入赌博。

我不讳言，儿时的故里年关，赌博之风曾一度盛过；但后来，却悄然淡下去了。这全因了一个女人。

这便是二婶。

二叔是村里赌兴最盛的一个，彻夜泡在牌局上，正月的饺子，他也品不出一点好滋味。二婶颇好言劝过，但二叔那时正输得败兴，劝是劝不退的。二婶就只有偷偷地落泪。

后来二叔的积蓄输光了，就去借钱。借的钱也输光了，眼圈便红了，便对牌局上的对手生了仇怨。在暗影里，就听到他磨刀的声音。

那日，二叔去牌局了，二婶便尾在身后；二叔在牌桌旁坐定了，二婶也倚在他身边坐下了。

两局下来，二叔就又输光了。对手便撤身欲走，二叔则死拽着不放，恨恨地说："接着来！"

那人说："你连本都输光了，再来，你还输个什么？"二叔的嘴唇便涨紫了，回手朝腰里摸。腰里的家伙已不知去了哪里，只有二婶温温地笑。

二婶对那人说："他叔，莫瞧不起人呀，不是还有我吗？！"

桌旁的人就都愣了。

二婶拍拍愣怔的二叔："掌柜的，同他来，俺把私房钱都给你带来了。"

对手便糊涂了，呆呆地坐下，不敢再走了。

二婶就给二叔看牌。

二叔依然是一盘一盘地输，二婶却温温地笑着，一笔一笔地给二叔还账。二叔脸上的汗就淌得了无遮拦。二婶却依然笑，用帕子给二叔揩汗。

二婶的私房终于输光了，二叔和对手就都僵在那里了。二婶却催二叔说："怕什么，同他来呀！"那个赢家便感到情形尴尬，嘻嘻地涎笑着，说："得了嫂子，赢他的，都还他还不成吗？"

二婶歪一歪头，笑着说："他叔，你把你哥看瘪了不是？你哥他不趁别的，不是还趁你这个嫂子吗?!"

赢家的汗便哗地倾洒下来了。

赢家便糊里糊涂地将牌打下去。但牌居然还是打赢了，他不愧是山里独一无二的高手。

他再也坐不下去了，翻身下了牌局："不打了，说什么也不打了，再打，就闷死了!"就急急地奔门而去。

"你站住!"身后传来二婶温柔的一声喝。

二婶近前来，从腕上捋下两只银镯子，轻轻地敲一敲，便有玲玲的玉音儿颤进满屋的耳朵。

"这是俺做银匠的爹留给俺的，今天，它们是你的了!"

那人惊惶地推挡着："嫂子，饶了，饶了!"便落荒逃了。

但二婶那双银亮银亮的镯子，却飞快地追上他，当地落在他脚下。他噔地站住了，犹豫了片刻，还是朝前走了。

"你还算不得一条硬邦邦的爷们儿!"二婶噙着泪，低声说与那一只模糊的背影。

从此，那条好汉与二叔都不再摸麻将了。山里的麻将，也回归到了以往的淳朴，只是年节时，拿它逗一逗乐子。

但那两只银镯子，却依然躺在青色的石板街上，执着地闪着清亮清亮的光泽，若一双不倦的眼。

……

质朴安神

我是十二岁那年，才认识麦秸的。

故乡偏僻，多旱，且山地窄而陡，种不得麦子，只种耐旱的苞米，认识麦秸晚一些，便是很自然的事。

那年，不知何人的主张，非得在山里推广种麦。麦子种上，既遇旱象，又无水可浇，麦秆细极，无风也飘摇。

于是，六月，山里破天荒地有了麦秋。但上好的一亩堰地，仅打了一百多斤瘪麦，就等于无几多收成。但终究是吃上了自己打下来的麦子，粗糙的生活中有了精致和细腻的味道，所以，即便到后来，虽因亏粮而不得不去剜野菜充饥，竟也无一人哀叹。

麦子没打多少，麦秸却有硕大的一堆，稚童去堆上滚，成一种好游戏。暑中雨多，麦秸便被淋得精透，待阳光一出，竟倏地生出一片一片金色的平顶菇，村人采去，好吃得很。那时，一场暑雨一场菇，神奇的麦秸，给我留下了深刻印象。

于是，到了平原，最感兴趣的，便是田畴上的麦子。

平原的麦秆茁壮得很，用指头在上面敲一敲，就发出沉实的声音。在垄间坐着，青青的麦秆会发出青涩的香味。这香味与青春的香味或许有相通处，反正我很喜欢这种味道，久久地嗅着，若期待着一种莫名的温柔。

忍心去折一柄青麦秆，极清脆地响一声，白色的琼浆便汩汩地淌出来；这便是生命的一种原状，努嘴去啜吸，便满嘴甘甜。于是，生命本身便有厚味，只是在凡常，均被浮躁的激情忽略了。

"草生四季，麦熟一晌"，这样的农谚是生动而准确的，因为一晌之暴晴，麦子果然就熟了。放眼望去，浑黄的一地麦秆，风吹时，只听到干燥的微音，并不见到大的招摇。此时的麦秆，已褪去铅华，内外同质，成一束坚韧。所以，与其说麦子熟了，莫不如说麦秆熟了。

就去刈麦。

刈麦时，将一束麦稞揽到怀中，顺其倒势而下镰，便听嚓地一声响，麦秆便很忘情地投到臂弯里了。投到臂弯的瞬间，干草样的香味，就突然从切口处喷射出来，鼻息便肆意地吸进去，得一刻的沉迷。臂弯里的麦束，不仅沉实，而且温暖，若幽火幽幽地烧，直烧到人的筋脉里去。于是，僵直的四肢，便猛地活络起来，手中那一柄镰，就唱得很欢畅。

这是太阳的功力。

麦子一生都被太阳照射着，麦秆里贮满了太阳的热情，一束麦秆，便是一束阳光。阳光是抓不住的，但可以抓住麦秆，于是，劳动着便温馨着，劳动着便幸福着，在这里，便不是一句空话。

一个朋友来，倾诉其化不开的忧愁。我倾尽真诚，以情以理去抚慰他，却不见那一张阴郁的脸，有半点舒朗。我便无话可说，陪他沉默着；那一团阴郁，便也一点点地啃啮着我。我开始烦。突然，我想到麦秸。便拉起他的手，朝原野跑去。在朋友懵懂间，找到了一片麦场。场上正有新麦的麦秸堆着。我说，就在麦秸上躺一会儿吧。

躺在麦秸上，朋友仍要唠叨，我说，什么也不说，什么也不想，只须静静地躺一躺。

就躺着，数天上的星星。

夜深了，看一眼身边的友人，见他大大地睁着眼睛，眸子里的星星也很亮。我说，回吧。

他说，再躺一会儿吧。

我暗暗地笑。麦秸里，一束束太阳的火苗，在幽幽地烧燎着他，心中的块垒，快被烧化了。

归来的路上，朋友说，躺在麦秸上，竟这般舒服，舒服得要死。

但他活了。

他原来生活在虚空中，现在他与地气交接，输进了一种沉实的东西，感到忧愁类似无事生非，是额外的闲情，一如奢侈。

再讲一段与她热恋的故事：

那时，热情煎熬着我和她，第一重渴望，便是拥有一方自己的空间，在那空间下，与对方融化成浑然的一个人。但苦苦寻觅之后，却发现，偌大的世界，居然找不到这样的一块地方。时空的压抑，使我们感到极端的痛苦，甚至想到死。

绝望使我们在夜空下四处游荡，将要筋疲力尽的时候，竟遇到一堆麦秸。

她欢叫着，把自己扔到芬芳的麦秸之中，贪婪地吸着麦秸那温暖的涩香。她将自己躺平了，胸起伏如潮。她开始解自己的衣扣。

我竟轻轻地按住她的手，让我们静静地享受一下这麦秸不好吗？我说。

我们静静地躺着。没有风。天上的星星也不说话。

她枕着我的臂膀，呼吸渐渐轻盈下去。她睡着了。她的眼轻轻地合着，温柔如花；她的脸恬然地舒展着，恬静如水。我这才知道，女孩的睡相，竟是这般地美啊！

虽然我很疲倦，但没有睡去，做极深情极专注的守护。我的心，异常平静，无一丝杂念……

事后，我想，麦秸是最质朴的，生活和感情的内核不也是最质朴的吗？质朴是一种自持，质朴是一种本分。于是，拥抱麦秸的时候，我们能听到真纯的声音，羞于产生多余的欲望。一如守着成堆的金银，肯定会放纵地消费，身临清溪，首先想到的则是净洁的洗涤。麦秸和山树往往不是物，是随处可遇的菩提，它们关乎土地道德，是美好情感生成的土壤。所以我常说，离土地近一些，是好的。

原载《长城》2012年第3期

乡村燕事（外一篇）

李存葆

烟柳飞轻絮、麦垄杏花风的时节，我回到家乡，又看到了燕子絮窝筑巢。

老家有堂屋10间，辟为两个院落。家母住在东院，五弟一家住在西院。斯时，东院的房檐下，有两对新燕正在垒窝，"工程"已经过半。四只燕子一会儿衔着紫泥砌巢，一会儿又箭一般地消失于云缝。五弟院落的屋檐下和大门过道的檩梁上，各有两窝燕子，它们的旧巢仍在。四双燕子，跳进跳出，飞去飞来，衔来草屑、羽毛，在为生儿育女铺设舒适的软床。它们有的还从窝中探出头来，睁着亮晶晶的眼睛，友善地打量着我这陌生之人。

古人对家燕有春燕、劳燕、双燕、旧燕、新燕、喜燕、征燕等多种称谓。在我的故乡，燕子向来被父老乡亲视为勤劳鸟、唱春鸟、恩爱鸟、仁义鸟、灵异鸟。见六双燕子同时在我家筑窝安居，老母亲笑了，五弟一家乐了。一种"春燕归来与子游"的喜悦之情，也在我的心中荡漾。

美是心灵自由的伴侣。在生命的初始阶段，我的心是随着燕子在这片故土上一起飞翔。后来，随着尘世的冲刷、阅历的丰富，我愈来愈感到：世上的鸟儿，没有比家燕更为美丽的了。

小燕子虽没有白鹤亭亭玉立的身姿，也不像孔雀总是拖着翠色的长裙，但燕子的体型颀长而又匀称，丰满而不失婀娜，称得上无瑕可摘；它的羽背深黛幽蓝，纯净光亮；它的胸脯洁白如玉，素雅明快；再加上它那剪刀似的开合自如的尾叉，更让它的周身贯注了美的神韵。选择自然之美，是人类创造过程中的第一道程序。毫无疑问，欧美人所钟爱的燕尾服加白衬衣，就是按照燕子的装束剪裁出来的。

燕子的灵动之美，还展现在它的飞翔上。它们狭长的翅膀，分叉的尾巴，是飞翔的利器。无论是斜飞还是平飞，无论是高翔还是低回，无论是掠水而过还是凌虚直上，它们总是那样轻盈而敏捷，俊逸而从容，一道曲线连着一道曲线。它们连贯的飞态，从不同角度看，无一不美。毋庸置疑，燕子是飞翔的天才。

燕子的美丽，还在于它们那迷人悦耳的歌唱。燕子的呢喃，有时是畅快的、恣情的、甜熟的，有时是缠绵的、舒缓的、幽微的。无论是呼儿唤雏时的甜润，还是双燕恩爱时的婉转；无论是捕虫捉蛾时的激越，还是门墙小憩时的委婉，它们的鸣唱总似细溪淙淙，清扬活泼，绝不像雄鸡长鸣时那样击人耳鼓，更不像麻雀争食时的叽叽喳喳，惹人心烦。我以为，"呢呢喃喃"这一象声词，只能用于燕子。燕子的各种鸣唱，不火不躁，如吟如诉，总能使人们在兴奋中获得宁静，在消沉时受到鼓励，在愁闷时得到慰藉。

燕子是春天的音符，乡村的音籁。当它们呢喃的清音打破了村舍的静谧时，冰雪已经消融，春也在河谷、山坡蹒跚、摇曳。在我看来，三春的颜色，之所以飘落在大地丰厚的肌肤上，是春燕舞出来、唱出来的。春燕的歌声，唱出了农人积蓄了一个冬天的发自内心的企盼和真情。燕子运用音色和力度的变幻，唱得"红入桃花嫩，青归柳叶新"；唱得"小雨晨光内，初来叶上闻"；唱得"疏畦绕茅屋，林下辘轳欢"；唱得"榆荚钱生树，杨花玉糁街"；唱得"黄犊尽耕稀旷土，绿苗天际接旁村"；唱得"蚕娘洗茧前溪渌，牧童吹笛晚霞湿"；唱得"田舍翁，老更勤，种田何管苦与辛"……春燕的舞是安琪儿的舞，春燕的歌是安琪儿的歌，农人合着春燕的韵律和节拍，共同描绘出凡物可尽其性、色彩可嵌入人们永恒记忆的春天。

在所有的鸟类中，未经驯化便与人类最亲近者，莫过于家燕了。家燕像虔诚的教徒一样，以神意为最高命令，以时令为最高法则，每年春分北来，秋分南归，年年如此，岁岁如斯。人与燕子同居一室，相敬如宾，该是史前人类结庐而居时就有的事了。这种存在，应视为上苍给人与燕这两种敏感的生物所制定的心照不宣的"无字契约"。

童年的记忆最纯真最真切，对人生的影响也最深久。在我牙牙学语时，信佛的奶奶就一次次地对我叮念："千万别祸害燕子，祸害燕子会瞎眼。"年龄及长，我又知道，村里即使最顽劣的孩子，也谨遵这句古训。当时，家中那东三间、西三间堂屋中的檩梁上，各有一窝燕子。看着两对老燕子，阴晴风雨中双来双去地翻飞，我因不能摩挲一下它们美丽的翅羽而引为憾事。

六岁那年的暮春，东堂屋的燕巢里，孵出了六只小燕子。某日，一双老燕打食归来，六只小燕簇拥着探出头来，同时张开鹅黄的嫩嘴儿，唧唧叫着等老燕喂食。老燕喂雏，一次仅能顾及两只。一只未接到食的小燕，不慎被挤落下来，跌到灶前的柴草上，幸未受伤。我忙扑上前去，把它捧在手里。小燕全身的茸毛像一团绒球，黑眼如同墨晶，仍张着小嘴儿唧唧叫着要食吃，真是可爱极了。奶奶忙找来针线笸箩，并铺上碎棉。待雏燕安置好后，我飞也似的跑到房后溪边的青草丛里，扑来十几只小蚂蚱喂它。此后的20多天里，捉蚂蚱，逮青虫，喂小燕子，几乎成了我生活的主要内容。小燕子饱啜着我一瞬瞬的殷勤，会跳跃了，能抖翅了。每见我捉虫回来，它就扑棱棱跳出笆箩，欣欣地张开嘴儿，一口又一口地吞食着我随时投送的小蚂蚱。见它羽毛渐丰，我就用左臂架着它，去菜园里，到麦田边，随逮青虫随喂它。这只小燕比窝里的燕雏早两天就会飞了。只要我将它轻轻一抛，它便在我头顶上空打着旋儿地翻飞。我打个呼哨，它就会落在我伸出的食指上。在窝里的燕子都出飞那天，奶奶硬逼着我把这只小燕放飞到它的兄弟姐妹中。每逢老燕新雏从风动的树林、晴蓝的天空翩翩飞来，落到我家院墙、房顶时，只要我左手捏只蜻蜓当头一举，右手打个比示，我喂熟的那只小燕子便会轻灵地飞来，落在我的肩头……

这只小燕子，不仅是我童年时代一首优美的抒情诗，也成为我后来爱心的向导，心灵的晨曦，精神的美酒。

人生的前50年，写的都是人生"本文"。以后的岁月，则都是为这"本文"添加着注释。儿时的经历就像一幅油画，近观时没有看出所以然，今日远看，才能品出这幅画的美感。

母亲和五弟现在住的东西两个院落的10间堂屋，是在我知天命那年建起来的。落成后的第二年，每个院落的房檐下，每年都各有两窝燕子来生儿育女。也就是从那时起，我每逢春夏回乡探亲，自会对儿时钟爱的燕子格外关注起来。

燕子是人类道德、伦理与行为的一面镜子。

在辛勤方面，燕子当首屈一指。新岁杏月里，春燕从南洋出发，飞越茫茫大海、重重关山，抵达离别了半年的村舍后，不做任何休整，便纷纷忙碌起来。老燕子见旧巢仍在，就叼住时光的分分秒秒，一刻不闲地清理旧窝。新燕子则是飞着吃，飞着喝，飞着洗涤羽毛，飞着衔泥构筑新巢。一双新燕一天都能垒几行泥，十几天就能把新巢筑好。一座"新房"的建成，连接着新燕飞奔的节奏、勤快的旋律。新居筑好，雌燕就急不可待地生卵、抱窝；15天后，雏燕破壳而出；又30天，新雏即可出飞。一双燕子在不到5个月里，要孵两窝燕子。一窝燕子一般都是5只，两窝燕子就是10个燕宝宝。由于巢窄雏多，燕巢有时会损坏，老燕子会即刻去衔泥修补。老燕在哺育雏燕时，四野抓虫，任劳任怨；泉边衔水，栉风沐雨，一双老燕，每天要打几百个来回，飞出飞进、嘴对嘴地给燕宝宝喂吃喂喝。一只雏燕，老燕在一小时内就要喂食十几次，仿佛有一种神秘的丝线，牵连在老燕和新雏之间。这种天伦之爱的特质，是为爱而爱，不讲任何条件。

对儿女的父责母职，应包含身体和精神两个层面的教化。雏燕出飞时，若有懒宝宝恋栈温柔之窝，赖着不走，老燕子会前引后拥地将它赶出窝外。老燕子在领飞3天后，就再也不让新燕子回窝，让它们风餐露宿，自食其力，决不留一个"啃老族"。一般在农历六月底，第二窝燕子也出飞了。因离南飞远征的日子还不足两个月，老燕子再也不回窝，它们率先垂范，加大了对第二窝儿女训练的强度。在老燕子的带领下，小燕子演练着俯冲、侧飞、回翔、挺飞等各种动作。它们一会儿从玉米梢上掠向山顶，一会儿从河面冲向云天。暴雨过后，蜻蜓舞晴，正是老燕子带领小燕子练习捕虫准确性的最佳时刻；日暮时分，虫蚊飘忽，又是老燕子统领小燕子操演捉虫精准度的最好时分。经过一番番朝习暮练，小燕子的天性得以充分开发，终使它们一个个都成为百捕百中的"小猎手"，成为一架架袖珍的低空"战斗机"。

情爱是一切生物的精神甘霖。燕子的情爱，炽热如火，牢固如磐。它们不仅双双同来同回，形影不离，比翼而飞；而且还通过舌尖的交流，目光的顾盼，歌声的倾诉，把恩恩爱爱表现得淋漓尽致。雌燕抱窝时的情景，最为感人。在它孵雏的半个月里，是雄燕竟日捕来食物，衔来泉水，口对口地送进雌燕的嘴里。像燕子这种相呴以湿、相濡以沫、灵与肉的完美结合，在当今人世间，恐也难找出几多范例。

　　造物主不仅给燕子以美貌，也赋予燕子美好的德行。用儒家的道德准绳观照燕子，燕子称得上"仁义礼智信"皆有。燕子筑窝，不择贫富贵贱，不选门槛高低，只要认定谁家，如果主人和燕子都不出意外，它们都会岁岁来絮窝筑巢，决不会单方面地扑灭主人怀念它们的幽情。每双燕子的心中，都有它们魂牵梦绕的一幢茅舍。燕子这种从不琵琶别抱、返本归元的天性，称得上是"不辞故国三千里，还认雕梁十二回"。燕子是喜欢洁净的鸟儿。为保持它们翅羽的光滑和亮度，它们经常用清澈的泉水梳理羽毛。雏燕在窝中排出的粪便，老燕子会随时一口口叼出窝外；即使正在抱窝的雌燕，也会飞到窝外排泄污物。除了老燕子白天喂食时和雏燕喁喁私语外，在夜间它们总是静气屏声，绝不打扰主人的梦境。只吃活食的燕子，是农人公认的益鸟。它们从不叼啄农家的五谷，专吃飞动的虫蛾。据昆虫学家推算，一双燕子及其子女在北方生活的半年里，要吃掉各种害虫100万只，是护卫庄稼的真正天使。燕子也从不像有些鸟儿那样，为争食而"鸡扑鹅斗"，俨然谦谦君子……

　　大自然神秘的原则，造物主微妙的功夫，在燕子身上得到了灵异的体现。在预报狂风暴雨方面，它们决不逊于气象台。每当暴风雨到来之前，燕子们总是集结在一起，擦过房顶，擦过树头，擦过河面，忽上忽下地群体鸣叫，仿佛是在焦急地提醒农人：快戴上斗笠，快披上蓑衣，尽早收工，尽快让牛羊归栏……每当看到这种场面，我就觉得，神奇的燕子，仿佛能读得懂阴云在天宇中写下的文字，能辨得出狂风在江河里画出的图画。

　　"燕子不进愁门"，是家乡的俗语。想不到这话在我老父亲身上竟成了谶言。迟暮之年的老父，特别喜爱年年都来家中筑巢的两窝燕子。2009年清明已过，两对燕子却未如期而至。95岁高龄的父亲，便一天数次拄杖院中，引颈南望。五弟为卸掉老父的心病，说西院的两窝燕子都来了，也是咱们家的。转年初春，老父缠绵病榻，不能下地，清明过后，还叨念着燕子怎么还没有来。虽然西院五弟家的燕声不断传来，老父却摇头苦笑。农历三月十七日，老父便驾鹤西去。在父亲谢世近两周年的清明节前，两双燕子又来东院做窝了。这又应了"燕对愁门不过三（年）"的俗语。

大自然将自己灵魂中的小小一部分剥离出来，给人类造就了燕子这样晨风般温存、月光般柔顺的喜鸟。乡人凡遇吉祥事儿，总与燕子联系在一起。去年，五弟的女儿考上军校研究生，他"归功"于家中新添的两窝燕子。邻村我的一远房亲戚，在镇上买了楼房，去岁他乔迁新居不久，便见一对燕子在他家住的三楼檐下筑巢。燕栖楼中，实乃罕事。为不打扰燕子垒窝，他举家又迁回乡下十几天。待头窝燕子出飞后，他的独生女儿超常发挥，考上了大学。此事在故乡，一时传为美谈。

上个世纪六七十年代，无论是在北京、天津，还是在省城、县城，人们随处都能看到燕子们放胆尽性飞翔，能听到燕子内蕴灵动的歌唱。后来，燕子却在不知不觉中先是稀少了，继而消失了。今天，即使在工业比较发达的镇子里，也难觅到燕子的倩影了。

大城市里排排高楼豪厦一天天进逼，片片田野碧树一尺尺退缩，使得燕子栖息的领地愈来愈狭窄；车流、物流代替了护城河的银波细浪，人流、信息流，代替了城中湖、林中泉那醉涡里漾出的笑意，使得燕子无处用洁净的涟漪，去洗濯它们的亮羽素脯；化工的毒气、车辆的尾气，乃至氟利昂的过度排放，已玷污了燕子那纯净的歌喉，使它们再也难以唱出音质纯美的歌声。生活在竞争旋涡中的城里人，很少去怀念、关心燕子了。市场上的盘算，比高级计算器与电脑的硬盘、软盘来得更为复杂，不少人的血管里"疙瘩"着的是开发、买地、利润、效益、股票的K线图、物价的CPI、住室的宽与窄。看来，城里人已经单方面地撕毁了人类与燕子在史前就定下的和睦相亲的"无字契约"。

生存与发展是一切生灵的愿望。当乡下人潮水般涌入城市的时候，在城里已无一檐之栖的燕子，却纷纷飞到绿水青山的乡下。这大概是我家两个院落里竟然有了六窝燕子的缘由。

"小燕子，穿花衣，年年春天来这里"的儿歌，城中幼儿园的孩童，无一不唱得声情并茂；但其中的绝大多数孩子，却生下来就没见到过燕子。孙子檀檀明年秋天就要上学了，我想来年在故乡的孩童们吹响柳笛的时候，一定要带他回老家去看看燕子。他只有看到燕子筑巢，才能懂得什么是辛勤劳苦；他见到老燕喂雏燕的情景，才能明白什么是"嗷嗷待哺"，什么是养育之恩。他只有看到故乡人是如何关爱燕子，长大后才会真正领会：人类的生存与万物紧密相连，也与每一棵小草、每一朵小花、每一只蜜蜂、每一只蝴蝶息息相关。

原载《人民文学》2013年第6期

谁能让我带走星空

迟子建

祭灶前夜，我回到故乡。想必半个冬天在哈尔滨为烟霭所困，没过多少有蓝天的日子，也没呼吸多少好空气，眼睛和肺子空前亏着了，所以下了火车进了家，一顿酒肉下肚，见午后阳光甚好，窗外是白雪世界，也不顾旅途劳顿，冒着零下四十摄氏度的严寒，就去户外散步了。

我没戴口罩，大口大口呼吸着来自山野的新鲜空气。呼出的热气与冷空气交融，很快在我面部制造了一场"树挂"，未被帽子围巾护卫住的刘海儿、鬓角和睫毛，顷刻间濡满霜雪。刘海儿宛如盛开的梨树，变得沉实了——那是花朵压弯枝条了！而寒风在我鬓角，不打招呼地插上两支鹅毛笔了！它们这么做，想让我书写冬天的诗篇吧。最有趣的是上下睫毛，霜雪做了红娘，生生将它们黏在一起了！可我要赏这大好冬景，就得让它们劳燕分飞。不管外部环境多么酷寒，人的眼睛永远涌动着温泉，只要使劲眨眼，眼底的热气就把睫毛的霜雪融化了！不过睫毛正浓情蜜意着，拆散它们是要付出代价的。你眨眼撕扯它们的时候，脱落的霜雪会掠走几根睫毛，做它们的俘虏。如果你冰天雪地走一遭回来，发现睫毛稀疏了，千万不要大惊小怪啊。

踩着白雪走在街上，听着"咯吱——咯吱——"的回声，如闻天籁。抬头看天，它是那么的蓝，蓝得不真实似的，让人怀疑自己被罩在水晶玻璃里，直想用一把大锤，砸向那片蔚蓝，看它是不是天！百货商场前的小广场，成了爆竹、春联和灯笼的专卖场。卖主们一边招揽生意，一边跺脚御寒。不跺脚也不行啊，他们穿得再厚，也厚不过寒风的脸皮。我心想，这红红火火的春联和灯笼，要是变成一汪炭火该多好啊，可惜我不是魔法师。

腊月的街市，一派忙年的情景。街角卖花生、瓜子的汉子，在外站了多半天了吧，他的黑胡子挂着霜，成了白胡子了！卖糖葫芦的女人，冻得嘶嘶哈哈的，脸颊比糖葫芦还鲜艳！最引人注目的，是一条拉着三轮车奔跑的大黄狗。三轮车上载着一个老头和他采买的年货。狗跑得一身热气，眼睑处雪茫茫的，而老头叼着烟袋，自在地吸烟。联想起在城里看到的那些被主人打扮得漂漂亮亮的宠物狗，我对这条大黄狗，无比怜惜。但转而一想，这狗参与了忙年的事务，有新鲜空气可吸，能为主人出力，兴许还很快乐呢。

这场雪中漫步，使我受了风寒，当夜就咳嗽起来。咳得睡不着的时候，我关掉灯，站在窗前望星空。窗外的山峦原野，此刻被白雪统率着，即便下弦月的日子，半个月亮加上满天繁星，也把它们照亮了。十多年前我和爱人最喜欢夜晚撩开窗帘，依偎在床上赏月。我们不止一次看见流星划过。很奇怪，他去世后，我回到我们生活的地方，还是躺在这张床上，独自也赏了无数轮好月亮，却很少看到流星。如果说他是流星的话，他划过短暂的生命时空后，我是多么希望他落入我的心底啊。因为到了我心底，他就是做了恒星了，再不会陨落。可我深知故乡的原野，是他魂牵梦系之地。而他坠入原野，是坠入辽阔和自由，比坠入爱人的心，更加地久天长。

故乡的星空显得很低，星星仿佛枝头的花朵，唾手可得。这样的星空，也就给人花团锦簇的感觉。我也曾无数次站在城市窗前望星空，可那里空气一年不如一年，我见到的星月，容颜也就越来越憔悴。月亮常常乌蒙蒙就出来了，像是多日没洗脸似的；而星星稀疏极了，混沌的大气中，有一张看不见的嘴，吞噬了太多的星星。所以每次回乡，我最惬意的，就是望星空。

第二天母亲推门而至，见我重感冒了，埋怨我不该一下火车就去散步，待她看到我夜里没拉窗帘，"啊呀——"叫了一声，说我这是犯着星星了！在她眼里，星星不都是好东西，有心肠坏的，夜里缠磨在人身上，会让人害病。我小的时候，她不止一次听了算命先生的，勒令我"躲星"。天一擦黑，家里就像进入备战一样，早早关门闭户，不许外人进来。睡房的窗帘拉得严严实实的，外屋地的尿罐被端了进来，我不能到透进星光的外屋地解小手。好像星光是刀刃，擦着它们就会有灾。我长大以后，母亲虽然不迷信算命的了，但她对星星仍是心怀抵触，总嘱咐我睡觉别忘了拉窗帘。

明明是寒风犯下的错儿，母亲非算到星星身上，我心里直为它们叫屈。星星知道自己落了埋怨吧，我生病的那几天，它们忙碌极了，频频来我床前探视。没有一个夜晚，我不是沐浴着星光入睡的。这样的星光就是一味芬芳的药，很快治好了我的病。

我的故乡并不是世外桃源，因为有人类的地方，就会有罪恶，有腐臭和腥膻。所幸它的广阔和它的不发达，给这里的人们提供了良好的生存空间。即便是冬天，哪怕零下三四十摄氏度的严寒，哪怕吸进肺子的是冰碴儿，但这清冽的空气是多么令人留恋啊。

年过完了，我也要返城了。每次离开故乡，家人都会让我带上各色绿色食品，野生的蘑菇木耳，小磨坊磨出的黑面，各类江鱼，韭菜花，风干肠，小笨鸡，山野菜，等等，够我吃小半年的。因为这半个冬天在哈尔滨被PM2.5所害，太向往新鲜空气了，我这次最想带走的，不是故乡的吃食，而是星空！因为带走这样的星空，就有了蓝天，有了好空气，有了温柔的梦乡！

可是谁能让我带走星空呢？我们又是在哪里失去了灿烂星空呢？

三十年前，我曾写过一篇童话《拾月光》，说是一个少年背着桦皮篓，带把小铲子，每天去冰面拾月光，把月光带到冰屋子里，当柴来烧。那时的我无论在城市还是乡村，都被月亮朗照着，所以写出了这样的童话。而如今身处之境越来越污浊，怕是这样的幻想，再不会在心中发芽了。

如果我们不能给下一代一个美丽星空，我们眼前的繁华，都将化为尘埃。

原载《文汇报》2013年3月8日

告别老家

筱 敏

————————

　　我说的老家，是父母构筑的家，我和我的姊妹在这里长大。父母年轻的时候分别离开自己的家，在乱世间漂泊，最终在广州城郊的一个院子里安顿下来。我们在这里居住了50年，如果是一棵榕树，也该成林了。但事实上是，门前那棵根系发达的老榕树，也在一夜之间消失踪影，何况我们。先是父亲离世，多年后是母亲离世，现在老房子就要交还了，它终归不属于我们，不能让我们把根留下。

　　1964年我们搬进这个院子，我9岁。那时这一带是郊区，院子外面四处乱草，院子里面也是。大门外的路是泥路，叫犀牛路，这个路名大约与丘陵的形态有关，路头是园林局堆放苗木的站点，另一头通往一个村子，叫犀牛尾村。起初我们住在一幢平房里，房前有几棵木麻黄树，脱落的针叶在地上积起来，像一层棕黄的毯子。平房的走廊宽得不大合理，我在那里打乒乓球，对手是墙，球打到墙上，弹回来，再打到墙上。我在那里来回跑动。

　　我看过一幅20世纪50年代的广州市地图，这一带标出的都是起伏的丘陵，丘陵中一个圆点是黄花岗，再远些一个圆点是动物园，十九路军坟场当时固然存在，但它已经在地图之外了。到了我们搬来的1964年，这片地图上的丘陵可以增加几个圆点。先烈路起伏在这片丘陵上，不断地上坡下坡，走在这些坡上，两旁所见的都是坟场，兴中会坟场、邓荫南墓、邓仲元墓、史坚如墓、朱执信墓……坟墓里埋着的故事我全不知道，更多的坟墓要小得多，夜里偶尔会飘出磷火，我倒是不怎么怕，我想可能是亡魂在寻找他们的亲人。

我读书的外语学校那时还没建起自己的校舍，借用的是广东工学院的房子，正好离家较近，我甚至觉得我们恰在那时搬家是因为老天看到了我想家的哭脸。学院的校园对我来说太大了，很大的面积是荒坡荒地，我们的教室和宿舍靠近正门，周末回家，我步行穿过荒草、菜地、有蛇的竹林，去到校园的后门，跨出那个仅能通过一个人的后门，再走过一溜儿像是村子的民居（是的，叫区庄村），过一条马路，就到了我们住的院子。我只能在星期六下午回家，而星期天晚自习前必须准时到校。每个星期天在家里午睡醒来，我就觉得闷闷的难受，希望自己发烧生病。

父母时常不在家，出差、学习、政治运动，很少属于个人和家庭的时间。记得有一个周末，连两个姐姐也没有回家，她们去了农村参加农忙劳动。我在挂着锁的家门口转来转去，终于见到邻居阿姨过来，把钥匙和妹妹交给我。妹妹的头发剪成个男孩的式样，因为虱子。

院门前的泥路连接的大路铺了沥青，沿沥青路往左前行，再往左，有一个水果铺子，它在路拐弯的位置，我们叫它"拐弯水果店"，以此为一个地理标志。接着下去的是一个邮局，仅一个营业员，是一个开始谢顶的男子，是我想象中旧时代职员的范本，相当长的年头我都是他的顾客。再往下有个理发店，门脸简陋，我没往里面张望过。还有一个修自行车的铺子，门前的树杈上挂着废旧的自行车轮胎。接着就是柴煤铺，煤可以选择煤粉或煤球，我们总是选择煤粉，回去自己做煤球，直到后来被蜂窝煤取代，每户每月定量10斤劈柴，可以选择原柴或劈开的柴火，我们总是选择原柴回去自己劈，这样可以便宜几分钱。

1966年夏，所谓的"文化大革命"开始，学校就停课了，一停就是两年，我成了这个形似犀牛的丘陵上的野生动物。许多东西自然就会了，爬树、翻墙、养蚕、养鸡、种菜、骑自行车。父亲那辆永久自行车在革命初期被姐姐骑到学校，结果不翼而飞，那是家里的重要财物。有一类闹革命的小将鄙视私人财物的概念，他们未必是偷，就是要自己使用方便，据说他们踢上一脚就能把锁打开，骑上车呼啸而去，到了用不着的时候就随手弃置。有一段时间我总站在院子的矮墙那里，张望马路上骑自行车过往的人，希望能看到我们家那辆墨绿色自行车。矮墙那里的几棵蒲桃树果子由绿转黄，而后浮出淡红，"噗"的一个落到地上，"噗"的又一个落到地上。矮墙外的马路是一个转弯的斜坡，过往的自行车像飞一样，哪能让我看得清楚。我们全家都以为该忍痛把那辆自行车忘掉了，却突然接到信让我们去公安局认领。公安局那个停车场太让我吃惊了，我从没看见过那么多的自行车堆放在一起，大姐和我在这个乱阵里茫然地转来转去，转来转去，居然还让我们找到了。它还算幸运，轮子和三脚架等大部件还在，不像它的许多骨骼不全的难友。它的后轮不能转了，前轮还行，我在前面把着车头，大姐在后面提着后轮，这么走了好长的路，终究让它回到家里。我和妹妹还有好几个邻居孩子都是用它学会骑车的，这自然让它添了更多的外伤和内伤。院子里有个大坡很陡，坡底紧接一个急转弯，人车俱伤的事在这里时有发生，但每个骑车的孩子都会试试下大坡的惊险，也会试试在坡底的急转弯处加速冲上大坡的考验。

如果下了大坡并不顺着路转向右边，而是转向左边，就有荒草遮掩的另一条泥路，是一个更陡的坡，自行车走不了，它通往院子的最低地：菜地和牛棚。牛棚是荒废的，只剩下棚顶和水槽，没有牛了；菜地也是荒的，长满比人更高的草，倒是地头有一大一小两棵桃树，春天会悄悄开出满树桃花。我喜欢这条坡道，坡上的竹子茂密，脱落的干笋壳滚在道上，轻轻一踩便爆出脆响。顺着坡道一直往下，很快就在别人的视线里消失了。我们家在这个院子里搬过几次房子，最后住的房子是20世纪80年代才建的，位置就是原来的牛棚那里。

16路车站是离我们最近的公交车站，母亲在这里搭车上班，去到市中心再转车。等一趟车的时间长得很，车非常拥挤，她曾经两次被挤折了肋骨。母亲个子小，要够着上面的把杆，脚就几乎踮不到地，这样的姿势没办法保护自己的肋骨。我们出门如果没有自行车，也多半靠16路车，几乎没有其他选择。

车站的后面是一个土坡，土坡后面是另一个土坡，两个土坡之间的沟壑符合我们对探险的想象，我们在那里摘过野毛豆和一些不知叫什么的野菜，试着煮了吃，结论是无毒，没事。这些试验都是停课那两年做的。1969年我去做学徒工，就没时间去那里探险了。那个土坡可能是20世纪80年代初修建立体交叉桥时铲掉的，我并不确切记得，只记得70年代我出事的时候它还在，那两个负责监视我的人就曾经蹲在上面。那时候我还是"日托"，晚上还允许回家，我骑自行车回家必须经过那里。当时土坡近旁等车的人不少，或蹲或站，我从他们身边掠过，一下就瞥见了那两个人。我从不留意路旁等车的人，也从未见过那两个人，但她们的目光和我撞上了，我的直觉一下把她们从人群中挑出来，至今脑子里还印有清晰的照片。可惜当时我没有细想，因为我根本不愿意相信。事后回想起来，她们和众多等车人是不大一样，蹲姿太深，不像准备随时跃起，目光也不关注车来的方向。如果我当时明白，就不会连累我的两个朋友，这是我极为懊悔的事情。

我陷入的是一个"反革命集团案"，其实也就是几个年轻人互有往来，议论一些社会政治的事情。朋友杨君写了一篇论说"文化大革命"的长文，他以为我的处境要比他安全，便放在我这里，但很快地我也不安全了。办案的是一个叫作"省委运动办"的东西，它不属于公检法，权力却显然在公检法之上，办起人来完全不受法律规限。他们追查这篇文章，以为通过这条线能钓出更大的"黑手"。那天晚上杨君的妹妹突然到我家找我，要把这篇文章拿回去，说是杨君决定自己上交，不牵累别人。我们这种没经过事儿的人对办案的想象太贫乏了，不过就是坐牢、抄家，为了对付抄家，我自作聪明已经把文章转托我另一个朋友，以为他和"集团案"毫无关系，绝对安全。没料到事情这样急转直下，我想都没想其中的蹊跷，当即骑上自行车去朋友家里取。出到犀牛路口我停了一下，让杨君的妹妹在这里等我。这时候我看见路口站着两个人，似乎是两个迎面碰上的熟人在面对面说话，我看不清她们的脸，不知道是不是早前蹲在土坡上的那两个，至少她们已经换上了裙子。其实即使看得清我也不会认得，我认人能力太差，多年以后我才知道有一种先天的毛病叫"脸盲症"。后来办案的人向我炫耀他们给我设计的口袋，我才相信我的直觉还真没错，错的只是我头脑犯晕。

那段时间家里只有母亲和我两人，父亲过世不久，姊妹中只我一个留城。母亲非常在乎家里的人气，她下了班就往家赶，我也赶，为的是到天黑齐了，能在家里的小圆桌上相对着吃顿晚饭。我上夜班那天，也做好两个人的饭，自己先吃了，把另一半捂在小瓦锅里。虽然待母亲到家，饭早就凉了，但有半锅饭在家里等着，也算是有一点儿人气。母亲对我的麻烦固然不知情，炉膛里的纸灰她总会看见。那时家里有个烧柴火的灶，我在那里烧掉了我的所有信件，来不及鉴别哪一些可能有危险，还有我自己的笔记、日记、诗，因为里面随处可以找到我的"罪证"。母亲到家的时候我不仅没把饭做好，炉膛里还塞满了纸灰。发现母亲突然出现在我背后，我一阵慌乱，我没想到时间已经那么晚了。我没敢看母亲，厨房里浓重的烟也阻碍我看。我把手里最后一沓纸扔进炉膛，连忙转身淘米。母亲用炉钩子清理纸灰，放下几根细劈柴，点燃劈柴的是我撕成几叠的日记，母亲把两根铁条架在炉膛上，这才能把锅坐上去。吃饭的时候我一直低着眼睛，母亲问起来我怎么说呢？我想了一个说法，觉得不行，又想了一个说法，还是不行。然而母亲并没有问。

父母对自己的孩子有多少了解，细想起来只能慨叹。直到那天晚上办案的人到了家里，要把我立刻带走，我母亲还在跟他们说她的女儿如何好，听话，如何下了班就回家照顾重病的父亲，帮她做了多少多少事情。当着那些人我拦阻母亲说：妈，别说了，好多事你不知道。但她一直说，一直说。那一刻我觉得她特别可怜。

母亲在门前栽了好大一盆昙花，那个夏天长出的骨朵总共有二三十个，我走的那天晚上都快开了，我和母亲数过它们，知道第二天的晚上会开五六朵，第三天晚上会再开七八朵。这是我们家昙花的盛期，但站在门前看花的只剩下母亲一人。

母亲既不知道我犯了什么事，也不知道我关在哪里，她向来胆小怕事，又体弱多病，我非常担心母亲。几乎每天夜里我都睁着眼睛想怎么逃出去，飞奔回家看母亲一眼，然后迅速返回，但一直没找到可行的办法。我们这儿的夏季无限地长，季节的转换却猝不及防，一天夜里起了北风，天骤然冷了。第二天刚过了半个上午，看守我的人便带来一个包袱，里面是我熟悉的被子，我的眼睛一下热了，因为这来自母亲。我凭此猜测母亲的状况，她一定是昨晚起风时赶着给我缝好被子，今天一大早就送到运动办去，想着她抱着这么大个包袱去挤公交车，去遭人白眼，我的眼泪到底没能忍住。和被子包在一起的还有一盒米饼，跟我以前吃过的炒米饼不一样，包装也过于漂亮，我猜测是家里有亲戚来过，这才觉得心里稍微安定。

我因看书交友惹祸，母亲一句也没有怨我。或许因为她经历的运动太多，也因为做母亲的对自己的孩子总有一种盲目的确信。就是在这个家里我开始建立自己的藏书。我的第一盏台灯是母亲给我买的，第一个书架是母亲请人给我做的，好比是在沙漠中栽树，每一片叶子都来之不易。《三国演义》和《西游记》是母亲托人从香港买的，我最早看到的《红楼梦》是母亲找人借的，头尾两册没借到，只有第二和第三册，我和妹妹换着看，一人手里攥着一册。

我在这里结婚生子。我的儿子在我小时候跳猴皮筋、跳格子的操场上学走路，学行车哗哗地滑到操场这头，又滑到那头。因为丘陵地带平地不多，操场的半边得由石头垫起来，这样就在一角形成陡直的落阶，有一棵年头很老的相思树守在那里，不知是不是一再接到过从那里摔下去的孩子，它树身倾斜，疤痕无数，但夏季里依然会洒下茸黄的小花朵和一片树荫。

岁月流变，城市越来越大，我们的院子越来越小。环市路开通了，院子西北的一片便消失了，我们最初住的平房消失得更早，它所在的位置应该是现在的华山宾馆或金叶大厦。蒲桃树们和矮墙80年代还在，我们说的矮墙，在外面马路上望着就是一堵高墙，因为我们的院子在丘陵上。母亲抱着我的孩子坐在矮墙上看大卡车、公共汽车、面包车、吉普车……后来过往的车越来越多，马路越来越宽，矮墙一路退缩，蒲桃树们都消失了，连更深处的老榕树也消失了，我们住了很久的那幢楼房同样消失。现在横过这条马路需要有横过一条大河的勇气，如果非常留心，还能在路边看到一小截院墙，那是数度退缩了的院墙。墙头上还有一棵榕树，根系紧贴墙体，瀑布似的张开，浮雕似的凸起，看着有岁月的沧桑，其实这只是那棵老榕树遗下的孩子。

1989年我分到了房子，搬出去时，母亲将一把木椅子硬塞到车上，当时我不想带，嫌它式样老旧，母亲态度少有地坚决，挡开我的手说：你不懂！这把椅子不知道有多大岁数，从我记事时它就已经在我们家里，只是不久前刚刷了一下漆。母亲大概是循着什么老规矩，要让家里一个老物件跟着我。用不了多久我就知道了它的好处，坐在书桌前面，那些时新的软椅子都不合适，就是它合适。此后20多年过去，我自己买的新椅子一把一把坏了，散架了，而它每天使用的时间最长，却就是硬朗结实。至今它仍是我最忠实的伙伴，几乎见证了我所有用笔或电脑写的文字。

我搬走了，但母亲在那里，家就还在那里。这个世界总有一个待我归来的所在，无论是用双脚还是用心，我都有一个家可以回去。带着孩子去住老家过年的节，才算有过年的气味，热闹之后离开母亲，用自行车带着孩子穿过满城爆竹烟火回自己的小家，倒觉得有儿时返回寄宿学校的落寞冷清。

这些天清理家中的旧物，自己的童年、少年、青年以至中年接踵从那里浮现。更多的是父母亲的遗物，由我们的手分拆，处理掉，让它们在世界上消失。我带走了父亲的书箱。父亲的书只剩下很少几本，都是建筑学的专业书，父亲去世后它们收在一个很单薄的小木箱子里，那个箱子我最熟悉，因为我曾把朋友托我保管的一些材料放在里面，那是"文革"中某个假案的调查材料，也就是运动办所追查过的黑材料，"窝藏黑材料"是我的主要罪行。那个小木箱子不知怎么不在了，现在换成了一个更简陋的纸箱，我只好带走了这个纸箱。这些书我完全不懂，晚辈中不再会有人接着看，但留下来也算是个念想。我还带走了母亲的几件衣裳，套上衣裳一看，原来我和母亲真的很像。

昨天夜里梦见母亲。母亲和我一同从外面回家，奔波一天了，非常累，总算能坐下来歇息。家里静得很，显然还没有先到的人。我坐下来头挨墙角，觉得口渴、饿，我想母亲也一样，我用眼睛寻找母亲。而母亲已经去到厨房，显然已经有一些时候了，饭已经在炉子上开锅，母亲站在案板前切菜。我喊她，她没有应，原来她站在案板前已经睡着了，就那么站着，身子什么都没靠，睡着了。我怎么就没想到呢？她年纪大了，当然比我更累。我接着做这顿饭，却发现这个厨房我很陌生，我找不到烧开水的壶，也找不到那只铁皮的暖水瓶。我要洗菜，看到一个瓦缸里整齐摆放了好些青菜，显然是已经洗净码好的，像是母亲准备要做腌菜。我又从灶台下面找到另一些青菜，然而这些菜在水里一冲就开始蜕皮。我不知如何是好。母亲睡着了，我要不要叫醒她，好让她去休息？

母亲晚年时想要有自己的房子，其中的纠结有多么深，我没能理解，我觉得住在这里挺好的。现在我们将彻底离开这里，我才理解了母亲。母亲最后的日子在医院度过，她幻觉中不止一次有我们被人驱赶出家门的情景，她紧张地抓住我的手，要我告诉她我们几姊妹的下落，她要我一个一个说，不要瞒她，不要漏掉一个。我说我们都挺好的，她摇头不信。她时常想要回家，这个话题说得多了，我不知道怎么应答。有一次她又说，要我马上去叫一辆三轮车带她回家，她忘记这个城里早就没有载人三轮车了。我敷衍她说，你要回哪个家，丰宁路、中山六路、东皋大道，还是犀牛路？我以为她必会说犀牛路，因为我们在这里住得最久。未料她一下陷入茫然惊恐，久久说不出话。我非常后悔，知道自己这个玩笑太残酷了。

老家是一个能把根留住的地方，我们没有。我们只能告别父亲母亲，也告别我们自己。

原载《花城》2014年第1期

迁徙的故乡

梅　洁

一

前些年在故乡湖北郧阳、丹江口、十堰等地采访时，已看到各级政府官员和父老乡亲们为送汉水进京而日夜奔忙着、焦灼着。他们最最焦灼的是移民！是啊，几十万移民要在两三年内迁徙完毕，谈何容易？

他们是一个个生命，是一家家人，不是羊更不是一根根木头啊！

常常看到一些故乡领导和移民干部紧锁着眉，向你说着话时脸望着天，不知是对你说话还是在喃喃自语。我想，他们是把沉重的心事托付给天啦！

常常听到汉江两岸的乡亲们说，要搬快搬吧，我们都等老了，房子都等得快塌了，媳妇都等没了……望着他们近乎乞求的眼神和风雨飘摇的土屋，我总是别过脸，望着远处的山，无以回应。

半个世纪了，这块土地上的人们从来没有安生过。今年调水呀，明年调水呀，一说就是十几年、几十年，一纸"停建令"下来，他们不能修路、不能建厂、不能盖房，他们在等待中贻误了发展，在等待中老去了生命！在等待中四十八万人已别离了故乡，沿江几千个村镇、古城都已沉没在了江底。

五十年了，故乡一直走在迁徙的路上……

2010年，老家终又开始二期移民了！消息从不同渠道传来，远在京城的我和老家人一样振奋。

背井离乡——一个原本有着深重悲怆意绪的事，对于故乡来说，竟是一种解脱般的快事！是熬白了头发要一洗沧桑的快感！是前途未卜、翻过山就能明白的期盼！是漫长的没有结果的一个结果啊！

实在等不起了，我的故乡！真的开始上路啦，我迁徙的故乡！

二

5月5日，我和几位中国作家在湖北郧西。

在悬鼓山，接到故乡县委柳书记发来的短信："梅老师，你在哪儿？家乡已开始移民了，你什么时候回来看看？家乡的樱桃熟了，我们接你回家吃樱桃吧！"

看完短信心中好一阵温暖。我就想，有什么比故乡与游子的心更默契呢？

5月10日，我回到了湖北郧阳。五月的家乡，满山的樱桃坠弯了枝头。父亲母亲的坟茔旁，塔柏、香樟、紫荆、春兰长得葳蕤苍翠。跪下为苦难的父亲母亲叩头，含泪祝福亲人们从此安息。

起身环望，沉眠地下几十年的灵魂，也都从这座山、那座山迁到了这里。人间、地下，都在为了一江清水送北京而庄严地别离、迁徙！

金菊一见面就告诉我："安阳已迁走两批移民了，这几天若不下雨，还会有一次千人大迁徙！县里领导分批带队，这次有我……"县委宣传部年轻的女部长还是那样爽朗，那样快言快语，一双大眼睛扑闪着，有平静，有庄重，有责任在肩、义不容辞的坚毅。

"移民不是泼出去的水，而是嫁出去的女，为了国家利益，移民牺牲了自己的利益。作为娘家人，我们有责任帮助他们，让他们迁出后尽快融入当地，安居乐业。郧阳永远是移民的家，欢迎你们常回家看看……"送别仪式上，县委柳书记讲着话就落下了眼泪。

这个嘴硬、脸苦、心肠软的人啊……

就要出发了，胡县长从车窗伸进一只手，拍着心肠软、眼窝浅的柳书记说："你可莫哭，现在移民感情脆弱得很，你一哭大家就都哭起来了！"柳书记双眼通红没作声，他在忍。

柳陂两万人已是第四次迁徙了！移民们脸难看、话难听、门难进。是呀，几十年、几代人在荒沙滩上创造了一片国家级无公害蔬菜基地，现在又要全部沉没了，柳陂的牺牲有多大？柳陂往后怎样再驾驭自己的命运？

移民局邓局长来了，常年在乡村移民中走呀走呀，他显得格外清瘦而黝黑。人们告诉我他的手机上存了一千多个移民的电话号码，他每天与移民通话的次数多达一百二十次。

……

三

县移民指挥部，设在移民局很旧的小院里。周副总指挥长的办公室门开着，人不在。

环视简朴的办公室我在想，这个相貌英气、说话幽默、做事果决、极富判断力的人，两年前我认识了他，如今，政法委书记兼起了移民指挥部常务副总指挥的职务，看来，特殊时刻，县里在紧急调兵遣将。

正想呢，他进来了，"哎呀梅老师，你可回来啦。你知道我们咋盼你呢！"坐下后，他又说："真是忙昏了头，身体还不争气……"这时，我看到他左小臂上有隆起的一块肉包。他说他感冒不好，咳嗽不止，打了十八天针也不痊愈。医生做结核试验，说他肺部深处有结核菌感染。我担心地说，那你一定要注意休息啊。他说，关键时刻，怎么休息？

是啊，移民的关键时刻，成千上万的乡亲每天都在等待着起程的号令，千里迢迢的迁徙长路，数万个家庭的安家落户……每天都要作重要决策的指挥部，"休息""保重""注意身体"的养生之词，对于他们已是奢侈了。

他很快说起了"包保"工作队。

"包保"！？这是今天这个时代、调水源头人民创造的一个崭新的词汇，我开始竟没有听懂。他拿给我一张红纸，纸上密密麻麻印着"包保"的内容，他说，他们印了一万份，"包保"队员人手一份。我粗略地看了一眼那张纸，那是个严密且严厉的责任体系……

面对压倒一切的"移民"工程，县主要领导包移民乡镇，县直单位包移民村，党员干部包移民户。六十六个驻村工作专班、一千二百多名党员干部组成一百零九支工作小分队，迅速下到乡镇村庄和移民家里，落实责任。

我细读了"十包"责任制：包移民搬迁户的思想政治工作，包移民政策宣传，包移民身份和实物指标核查，包各类矛盾纠纷排查，包上访移民劝返稳定，包搬迁户协议签订，包督办移民搬迁户建房，包腾空并拆除旧房，包顺利搬迁，包善后处理相关工作，包一江清水上路！

我突感一阵沉重：在"包保"这个词汇后面，有着多少艰辛、汗水和生命律动！

周副总指挥还告诉我，为了做通移民思想工作，他们曾组织全县开展"我回家乡帮移民"活动。全县一千多名公务人员回到家乡化解了五千多移民的心事……

啊，全县出动了！一场多大的战役呀！

周副总指挥还说，全县已先后组织五千五百余名村组干部和移民代表到安置地进行对接考察，亲自参与并监督安置地房屋建设。同时，安置地也已有一千多人次来库区协调外迁前期准备工作。

一个千军万马齐上阵的"战场"啊！

等着吃水的北京人知道调水源头的人在这样生死鏖战吗？

<h2 style="text-align:center">四</h2>

天在下着小雨。中午，我来到安阳龙门堂移民村。

村主任刘继武向我走来。当我和一双粗糙的、结实的中年男子的手相握的刹那，刘继武怆然的泪水夺眶而出。我的泪水也滚滚而出。这个坚强的男人，多少天、多少月、多少年他都在鼓励自己的村民：为了国家的工程，为了北方人能喝上汉江水，我们到别的地方重建家园吧，我们不哭。可他在我面前，却再也无法忍住。他用一双粗糙的大手胡乱地抹着脸上的泪水，然后指着村前广阔、肥沃的田地说："今年地里没种一棵庄稼，去年都说搬呀搬呀，结果也没搬，地都撂荒了……"我顺着他手指的方向看去，往日的千亩稻田里长满了杂草，刘继武心疼这来之不易的土地。

安阳在半个世纪里因调水工程两次被水逼上山岭，这次要全部消失了！千年的汉水码头"小汉口"要全部消失了！一代哲人杨献珍的故乡要最后消失了！

"你去忙吧，搬家乱糟糟的。"我对刘继武说。

"好，那你忙。以后有机会到团风那边看看我们。"刘继武流着泪。

我不忍心再看这个流泪的男人，只好别过身去……

中午了，县里的"包保"单位开始给移民送饭。每家按人口计算：每人两碗方便面、两根火腿肠、一袋榨菜、一瓶矿泉水，移民们已经没有了锅碗，许多人家的房子已拆了。

看哪，坡上坡下，坎上坎下，大路小路上，都奔走着送饭的"包保"队员。他们挨家挨户地送，一盒盒、一根根、一包包地把饭送到移民手上。这也许是他们的"包保"内容之一吧。

送饭完毕，"包保"队员们或站在树下或蹲在地上吃方便面……

午后，天开始下雨，好在四十九辆货车已装载完毕，盖好了苫布，编号列队，卧龙般静静地停在公路边，只等出发的命令。下午四时，一声令下，货车徐徐启动，离开安阳，向广阔的江汉平原驶去。

雨越下越大，我来到安阳青龙村。

青龙村数百人已冒雨集结在青龙小学。小学校的教室里、走廊里、屋檐下都蹲着、坐着、站着一群群来自各村组的移民。他们从十里八里地外自己的山坳赶来，赶到这能上车的地方，等着上车的命令。

天气很冷，移民们大多穿得很单薄，很多人光脚穿着草鞋。如果按上级规定的出发时间——明天凌晨四点——他们还要在这里等十几个小时。那只有一个月大的小移民刘心雨、只有两个月大的小移民陈从园怎么受得了？那个七十多岁、坐在轮椅上的偏瘫老人怎么受得了？她大小便失禁啊！那个等待生产的孕妇怎么受得了？那个癫痫病人怎么受得了……

许多移民几天前房子都被扒了，锅灶已拆了，他们已好几天没吃上热饭没喝上热水了！

我多么希望指挥长现在就下命令，让移民上车、出发！否则，这样的雨夜他们怎么熬得过去？

我知道我这样的想法多么荒唐！

移民们在风里雨里等待了多少天多少夜啊！二十二点零五分，常务副指挥长周副总指挥终于"违规"下令：移民车队提前启程！

所谓"违规"，是上级明文规定，不允许移民车队夜间出行，否则出了事后果难负。

然而，周副总指挥断然决定违规夜行。他是不忍心再看移民在风雨长夜里受罪呢，于是他下令了。但是他又怕因此连累头号首长柳书记。他认为自己在郧县算不了什么，可郧县目前绝不能没有柳书记。

他走到柳书记面前，低声说道，现在情况特殊，必须马上出发，否则要出大问题。从现在开始，我关机，你不要给我打电话、发短信，这里的一切我负责。如果今晚夜行出了事，我就跳崖，你上报我畏罪自杀就行了。说完毅然决然跳上指挥车，大臂一挥，让千人车队出发！

那一刻，郧阳的青山一定是静默的，它们在向一个为了人民安危而敢于担当的指挥官致敬！那一刻，天空落下的雨是悲壮的，它们在为一个如此大义的壮士挥泪！

那一刻，柳书记的心里肯定是翻江倒海的，为周指挥长的凛然而震撼，为战友的患难之交而感动。多好的干部！多好的战友！ 柳书记再次感到奋斗的意义。

他向指挥车上的周副总指挥缓缓举起手臂，泪水混合着雨水冲过他的近视镜流进嘴里。

五

雨淅淅沥沥地下着。

我和故乡的朋友兴明、萍清迅即来到沿江大道，我们想在那里送送移民，最后看看他们。

秋夜的雨，在昏黄的路灯下扯着斜斜的银线，雨点打在伞布上发出嘭嘭的声音。

夜，静寂了。江风吹过来，凉飕飕的。街上没有一个行人。我们三人站在雨里等待。等待乡亲们从这里走过。

二十三点十五分。一辆警车驶过。一辆指挥车驶过。一辆医务救护车驶过。啊，满载移民的大轿车驶过，一辆又一辆……二十五辆啊！

我使劲向车子招手，向父老乡亲们招手。

故乡的人们呀，你们就这样在这寂静的雨夜悄然地告别了故乡！

永远地告别呀！

我鼻尖发酸，泪水和着雨水，在脸上奔涌……

突然，手机铃响了，是金菊发来的短信："梅老师，辛苦您了！我代表二百二十户、九百四十六名移民向您致敬！我看到您深夜站立在风雨中的形象，我万分感动！保重，再会！"

啊，金菊在护送移民的汽车里看见了我！

又一声手机铃响，是周副总指挥发来的信息："梅洁大姐：我没能力、没条件为人民干大事，但无论干什么事我都要无愧人民，个人安危实在是太小的事！这次您回来太仓促了，没能陪您。希望下次回家时，时间备足点好吗？"

读着周副总指挥的短信，我泪流满面……

抬头仰望雨夜的天空，我双手合十，为我迁徙的故乡祈祷平安。

六

每次回故乡，总要和家乡的朋友们站在堵河口，远眺静躺在汉水中央的韩家洲，心中便每每升起一种莫名的惆怅和忧愁。

这座被汉水四面围拢的江中小岛，以其两千多年的历史，把古老和神秘一起编织成一帕面纱，雾霭袅袅地笼罩着这片千年的土地。然而，南水北调，将结束这里的一切，包括姓氏与生命的密码，包括千年的纤夫文化，包括古陶、箭镞，包括秦砖、汉瓦……

2009年端午节前夕，我随故乡的几位朋友一起登上了韩家洲。

那天，大雨如注，江面雾霭蒙蒙。在村支书的引领下，我们登上去韩家洲的船，船在汉水的江面上，犹如一片飘零的树叶，摇摇晃晃。渡船行驶到堵河对面的河滩，从船上跳下来，我们便踏上了韩家洲的土地。

也就是那一次登临，我们发现了韩家洲人世代传唱的《汉江号子》，当洲上几位古稀老人为我们唱出那悠长、深沉、高亢的音符乐律时，我们仿佛走进了一个千年的沧桑、千年的劳苦、千年不衰的生命的创造与传承。

也就是那天，我了解到韩家洲上的一百零九户家庭都姓韩，而且他们固执地认为他们是汉代韩信的直系后裔。虽然他们没有什么证据，但他们把家族在此地的居住史追溯到了汉代，不得不耐人寻味。他们还固执地认为，洲头那座庞大的、高出地面数米的圆土堆是韩母陵。

历史活在历史的典籍里，更活在世世代代生命的传承和记忆里。

同样是在那一天。我知道这千年小岛上世居的四百八十多人，要因中线调水全部迁出，韩氏家族将全部迁往湖北随州市——2009年刚建立的、共和国最年轻的县级市。

韩家洲在忧伤、愁苦。两千年的家园、两千年的文化、两千年的根脉啊！

离开韩家洲时，雨还在下。乘船过汉江，站在堵河口，回眸再望雨中的韩家洲，我突觉眼前那苍茫朦胧的古岛犹如一位白发千丈的母亲，静静屹立在江中，为她就要启程的儿女们祈祷平安、幸福。

2010年6月16日，是韩家洲人在故乡度过的最后一个端午节，八月桂花飘香的时候，他们就要远迁了。我和家兄千里迢迢，特地赶往韩家洲，我们想在那里重温童年的欢乐——汉水边长大的孩子谁没有童年在江边看龙舟赛的记忆？

这时，只见清澈蓝绿的江面上锣鼓喧天、彩旗飘舞、龙船竞渡，沿袭了数千年的原生态龙舟赛在堵河与汉水交汇处、在六月的阳光与水光的交融里快乐举行。

此刻，呐喊声在水上震荡，生命的激情在江面飘拂。

蹲立在岸边、山头、树林、房顶、路边的成千上万的观众，头顶骄阳，欣赏着这场民间原始的赛事，分享着生命本真的快乐。

男人和小孩们已热得赤胸裸背，没牙的奶奶、婆婆们也眺望着江面笑得满面春风。

只有在此刻，所有的韩家洲人才忘却远迁的忧愁，把最后的欢乐沉浸于这片土地。

明年端午节还能划船吗？

站在汉江南岸的码头上，我久久遥望着对岸的韩家洲，遥望江上船上的汉子，回身再看身边韩氏人家的奶奶、婆婆们，一种莫名的忧伤和感激倏忽涌上心头……

到了随州，没有了这岛、这水、这龙舟，韩家洲人将怎样面对？没有了汉江号子，没有了传说和故事，没有了图腾般的盛会，韩家洲人精神里还会深藏怎样的记忆？

两个月后，韩家洲人开始搬迁。

时近中午，包保工作队员给移民们送去午餐，移民们迈着几近沉重的脚步踏上过江的船。他们手捧着饭菜，没有一个人开始吃，齐刷刷地抬头望着韩家洲，望着各自的土墙老屋，望着洲头上他们顶礼膜拜的韩母陵，望着岛上的一草一木……

少顷，二十多条装满移民物什的机船一齐开动马达，然后依次慢慢离岸，朝下游渡口开去。机船越行越快，马达轰鸣，破浪而去。江水掀起的波澜，轻轻拍打着韩家洲江岸的崖壁，仿佛是在安慰这片即将孤寂的岛屿。

随着一阵长长的汽笛声响起，二十余艘大型铁船满载着四百八十三名韩家洲移民，一字排开，浩浩荡荡地向汉江对岸驶去。

别了，我的故乡……

别了，千年的韩家洲！

韩家洲从此不再有人烟，江中小岛从此开始沉寂。唯有韩母陵在岛上永远高高地耸立，唯有那白发千丈的母亲在江水中作永远的守望。

两年前，韩氏家族已经开始着手编纂家谱，搬迁前，他们已经拿到了前六十代的家谱。将来无论走到哪里，从韩家洲走出去的韩氏后人，都能够按照辈分找到亲人。

永远的韩家洲啊……

七

陡坡村尽头，一位老人，安静地半倚在自家破旧的土房子门口，沟壑般的皱纹见证着远去了的沧桑岁月。

门口的院子里放着一张床，还有一些盆盆罐罐。摇摇欲坠的房子里，一口锅孤零零地架在灶台上，一张长满霉斑的方桌在光线不足的角落里显得凄凉无比。

"老爷爷，你家的东西全部上车了吗?"有人上前问道。

老人只是摇头，一脸泪水，不予回答。

再三追问下，老人终于开口说话了。

"走了就回不来啦，回不来啦……"两行泪珠从老人苍老的脸上滚下来，他只是反复念叨着这一句话。

村支书说，老人名叫张富山，今年七十五岁，是一位孤寡老人。他自小在这里出生、成长，从来没有离开过陡坡村。如今，为了南水北调国家大事，却要在古稀之年背井离乡，对故土难以割舍的痛苦折磨着这位老人。

饶祖铺村九十二岁高龄的董同秀也要迁徙了。

董同秀十二岁进入饶祖铺，在八十一年的生涯中，她与这块土地生死相依。背井离乡的那一刻，老人眼眶里噙满了泪水，一直抚摸着她的红木棺材不肯离去。

家人劝她，棺材就不要搬走了，因为安置地天门市早就实行了火化，把寿木搬过去根本用不上，还不如卖成钱贴补生活。

可老人坚持要把她的棺材一同搬走。她唠叨着说，身子骨老了，这一去就永远回不了饶祖铺了，棺木都是用饶祖铺的木料做的，死了睡在老家的棺材里，才算真正地叶落归根，才算回到了饶祖铺老家……

最后，老人亲眼看着自己的棺材被抬上了搬迁运输车，这才抹一把眼泪，让儿子背着登上了远行的汽车……

古时有将军"抬棺决战"，留下多少"壮士一去不复返"的悲壮故事；今有我故乡的移民"抬棺远行"，蕴含着无尽的感伤、苍凉和悲情。

八十四岁的张奶奶特意让儿子砍了一根竹子，用竹篾编成三间正屋和一间猪圈屋的框架，然后用白纸糊成房屋的样式。搬迁前一天的黄昏，白发苍苍的张母把一家五口人带到祖坟前，放上供品，点燃香烛，趴在坟头哀哀地痛哭，老头子啊，你晓不晓得，你的儿孙都要搬迁到很远很远的地方啊！清明节、寒衣节，再也不能来给你上香磕头了，我也不能来看望你了……

张奶奶哭得肝肠寸断。

儿子赶紧上前扶住母亲，儿媳和两个孙子哭着点燃了"纸糊的房子"，一家人齐刷刷跪下，望着寒风中吱吱燃烧着的火苗，泪如决堤的江水……

"纸房子"很快烧完了，变成了一堆灰烬。突然，一阵风吹来，灰烬旋转着腾空而去……

坟前的人，望着渐飞渐远的灰烬，再一次泪落如雨。

儿子站起来，把全家人的钥匙一一收在手中，然后在坟墓上掏出一个泥洞把钥匙全部放了进去，小心翼翼地掩上泥土。

爹啊，我们要走了，土地也淹了，房子也拆了，剩下几把钥匙给爹留下做个纪念，这是爹爹辛辛苦苦创下的家业，还给爹了……

儿子一边埋着钥匙，一边揩着流不尽的眼泪。

爹爹，我们走了!

爷爷，我们走了!

老头子啊，你在那边等我啊……

儿子一抒袖子，擦干眼泪，站起身搀扶起母亲，带着一家五口走向停在村口的搬迁车队……

八

长岭沟村的江而兵在搬迁前两天就把房子拆了，把房瓦和木料送给了不外迁的亲戚，自己先住在亲戚家里。可他家的狗"来福"却怎么也不肯随他们到亲戚家，就只肯待在已经被拆得乱七八糟的老家院子里。而且从那天起它就开始绝食，谁喂东西它都不吃。狗是很有灵性的，也许它已经知道主人搬迁不能带它走，它曾经忠诚守护的家也不再有它温暖的窝儿了，它是太伤心太伤心了，所以吃不下东西了!

"人走房拆"，这是搬迁的规定。在搬迁的那一天，所有搬迁移民的房子全要被拆完。拆房的队伍来推房时，来福在旁边狂叫不止，几次跃上去扑咬拆房队员和拆房的机械。有经验的拆房队员早有防备，十几个队员拿了备好的打狗棒准备把它打死。这时，来福忽然安静下来，卧在地上，眼中含泪，喉咙里发出低沉的呜咽声。一位队员心软了，拦下其他队员们的打狗棒说，算了，这狗怪可怜的，把它撵走算了。

拆房队员们轻轻地轰撵它，来福似乎知道它的抵抗是无谓的，便拖着尾巴慢慢地跑到房后的山包上去了。队员们在拆房时听到来福时不时地发出一声轻吠，那声音让人听着感觉无奈而伤心。

房子很快被拆掉了，来福又回到那片废墟上，时而来回地转悠着，时而轻轻地嗅着废墟里的东西，时而坐在那里发出轻轻的呜咽。附近没搬走的邻居看来福可怜，给它送来些吃的，可它一口也不吃，想把它唤到家里，可它一步也不离开那片废墟，夜晚到了，来福还守着那片废墟。它坐在那里，望着夜空，隔一会儿发出一阵凄凉的叫声。

几天之后，当人们再看到"来福"时，它已经死在那片废墟上了。

以前的家即使被拆了，这里也仍是它的家。废墟上有家的味道，闻着家的味道它就能够像以前一样感受温暖，所以它至死没有离开……

库区万只忠犬如"来福"的命运一样，现在，谨祝它们灵魂安息。

丹江口库区三十四万移民已经迁徙完毕，三千里汉水就要进京了！

谨以此文告慰我的故乡，也告慰我自己那颗无法告慰的心……

原载《黄河文学》2015年第5期

泉州，泉州

潘向黎

———————

回泉州了，回故乡的感觉，首先是听觉的，耳朵灌进了久违的乡音。

回到家乡，得到抚慰的，是视觉。蓝天白云下，红砖、红墙和浓绿的树冠对比鲜明，合欢花、三角梅、刺桐花、凤凰花、凌霄花、月季花……将殷红、朱红、紫红、橙红、粉红、玫红，毫不吝啬地泼洒得到处都是，像久别重逢、掏心掏肺的热情。

然后是味觉。蚵仔煎、鸡卷、面线糊、肉粽、绿豆饼、贡糖，各种蟹，各种鱼，各种蛤，各种螺，还有各种糕点，其中还有我最爱的碗糕。

听觉、视觉、味觉被抚慰的全过程，心理的满足也伴随始终，但心理更主要的满足来自与亲人的见面。家族的全盛期大概是在上世纪的八九十年代吧，之后，长辈们渐渐衰老了，平辈们出国走了好几家，再后来，回家一次黯然一次。上次回来，还住在二姨家呢，这次已经见不到二姨了；上次回来，二姨虽然走了，至少大姨还在，这次连大姨也不在了。这是时光，这位公正的主宰，馈赠我无数宝物、无数美好，也淡然地剥夺了曾经有过的许多欢乐和温暖。

生活在泉州和上海，说起来都是在海边，但其实生活里很少感觉到海的存在，一方面不是随时看得见海，另一方面是即使看到了，那个颜色也和心目中的蔚蓝相去太远，以至于从未发出任何赞叹。黄浊的、不能让人赞叹的海，还算是海吗？因此，我这个理论上在海边长大、在海边生活的人，对大海怀着永远的乡愁。

虽然生在泉州，小时候，我并不知道泉州曾经的繁华和荣光，即使在长辈们的口中也很少听说。我们听说最多的是南洋"番客"，是"对台前线"。这不能怪长辈们，因为，泉州港的湮没和暗淡，甚至早在他们出生之前。说起泉州，大家的第一反应总是：泉州很小。然后了解一点儿历史的人会说：是个文化古城。泉州只是个小小的古城，不再是一个巨大之城、繁华之城、光明之城、梦想之城。在那个"古"字里面包含的开放和自由、荣耀和辉煌，都像南洋香料的袅袅香烟和美妙气息，在遥远的时空中飘散了。一切沉寂了，却连足够的叹息都没有换来，这才是真正的凄凉。"却顾所来径，苍苍横翠微。"对家乡的历史，有多少人真正清楚？对自己生命的源头，有多少人真正了然于心？

这次采风，我的心情和任何一次都不一样，好像面对一个祖先留下的洞窟，热切盼望又不无忐忑，用海上丝绸之路的钥匙，开启洞窟之门，我们走了进去，面对无数宝藏，目瞪口呆，目眩神迷。

在泉州海外交通史博物馆看到的外形似鸟的船，是在别处从未见过的，这些造型奇异的船默默验证着历史上关于福建人的记载："……处溪谷之间，篁竹之中，习于水斗，便于用舟。"（《汉书》）"（闽越人）水行而山处，以船为车，以楫为马。往若飘风，去则难从。"（《越绝书》）

以船为车，以海为路，在海上自如往来，带来了生活方式的改变。

考古发现，在秦汉时期，福建已经使用燃烧香料木的香薰了，而这些香料木，正是从东南亚、南亚诸国舶来的。舶来品，"舶"，航海大船也，一个舶字，明白无疑地告诉我们：进口货，最早都是从海路上来的。

"云山百越路，市井十洲人。执玉来朝远，还珠入贡频。"（唐·包何《送泉州李使君之任》）"秋来海有幽都雁，船到城添外国人。"（唐·薛能诗）唐朝不愧叫作"盛唐"，民族交融带来的健旺血气、泱泱大国的自信心态，使得中国真正是个开放、自由而强盛的国度。在唐朝，今天被称之为"小小的"的泉州，成为中国四大对外贸易港之一。五代时留从效扩泉州城，"重加版筑，旁植刺桐环绕"，俏丽浓妍的刺桐花从此在泉州处处盛开，泉州"刺桐为城"，泉州港也以"刺桐"的音译"Zaitun"闻名海外。

北宋初年，泉州已经是全国三大海港之一了，到中期，成为仅次于广州的第二大港，北宋末年南宋初年，已经和广州并驾齐驱。元代，"刺桐港是世界最大的海港"（摩洛哥旅行家伊本·白图泰语），被誉为"东方第一大港"，与埃及的亚历山大港齐名。

当地造船业发达。闽越人自古善造船，而且在原料方面也占尽地利——"南方木性与水相宜，故海舟以福建为上，广东、西船次之，温、明船又次之。"（宋·吕颐浩《忠穆集》卷二《论舟楫之利》）宋元时代，泉州造船业空前兴盛，《太平寰宇记》甚至将"海舶"列入泉州特产，可见其盛况。海船作为一个地方的特产，实在超乎想象。我的脑海里，在牡蛎干、紫菜和绿豆饼的队列后面，突然出现几艘巨大的海船，忍不住笑了起来。但是，这种吃不进嘴也送不了朋友的特产，本事和名气都十分了得，而且是当时人人皆知的常识——"州南有海浩无穷，每岁造舟通异域。"（宋·谢履《泉南歌》）

这两句诗，现在就镌刻在泉州海外交通史博物馆刚进门的柱子上。就在那里，我第一次和那艘著名的南宋古船相逢。在浅蓝色池子内，七百多年前的古船静默矗立，气势慑人，似乎在等待船长的一声呼唤，船员们就马上起铁锚、扬篷帆，就可以乘风破浪、驶向远海。一个对泉州的历史始终缺乏实感的泉州人，实在很难用语言描摹那一刻的心理感受，好像过去的整个刺桐港，连在梦里也不曾出现的古泉州，突然从水底浮了出来，飞升起来，出现在我面前，活生生的，气势磅礴。

这艘古沉船残长二十四点二米，残宽九点一五米，复原后长三十四米、宽十一米，载重二百余吨——这在当时不算特别大的，大概只能算中等，但已经相当于唐代陆上丝绸之路七百头骆驼的总运量了。

看完大小，再看船形，这是一艘首部尖、尾部宽、船身扁阔、船底削尖，呈"V"字形的海船。这就是当时代表世界造船最高水平的福船的典型。这种"上平如衡，下侧如刀"的船形设计，兼顾了稳定性、快速性、耐波性和加工工艺等多项性能。更令人惊叹的是，这艘古船采取水密隔舱技术，即用隔舱板将古船舱体分成十三个独立舱区。远洋航行中，即使有一两个舱区破损进水，也不会影响其他舱区。后来这一技术被马可·波罗介绍到西方，水密隔舱技术逐渐被世界各国的造船界普遍采用。

船舱里发现的各种香料，令人惊叹它们已经在水底沉睡了几百年，依然安然无恙，而当时船上的人估计大多未能从那场海难中逃脱。人的生命，远远比没有灵性的货物脆弱，思之令人悲凄。但那些造船的人、行船的人，他们的智慧和勇气，依然通过古船传递到了今天。

小时候，我们在开元寺跑出跑进，没有在意大雄宝殿两侧的那副对联："此地古称佛国，满街都是圣人。"现在想来，"圣人"不仅仅指那些大儒名士、得道高僧，也应该包括各行各业的手工匠人，和这样航海的商人和船员。他们也许迫于生计，也许心怀理想，但无论如何，他们的奋斗精神、惊人毅力和过人技艺，已经使他们超凡入圣。正是他们，使泉州港成为海上丝绸之路最重要的起点，也是这条美丽航线上最光彩夺目的一颗明珠。

这个"满街都是圣人"的城市，这个海上丝绸之路的名港，在她的全盛期，和近百个国家互通海上贸易，东至日本，南到南海诸国，西达波斯、阿拉伯、东非，以我们的丝绸、瓷器、茶叶和各种日用品，去换回异域的香料、药物和珠宝。在海上流动的不只是货物，还有文化和信仰。阿拉伯人以他们对海洋的热情纷纷来到中国，带来了不同的宗教、文化和商业传统；中国沿海的人也纷纷下南洋，泉州因此成为中国重要的侨乡和华人华侨主要祖籍地。这一点，我有深切的体会。几年前，去东南亚，在菲律宾、印度尼西亚、马来西亚，发现那里的华人作家主要都用闽南话在交流。我忍不住也用家乡话和他们聊起来，结果，有一位当地的作家说："你确实是咱泉州人，你的泉州话是鲤城区口音的。"我惊喜地说："是啊，我是东街南俊巷的。"他缓缓地用无比地道的泉州话沉吟："南俊巷，对，在承天巷边上。"那些敢于冒海禁闯天下的平民百姓，像蒲公英的种子一样，借着季风，乘着洋流，按照梦的指引或者神的启示，沿着海上丝绸之路播撒出去，在远处的岸上扎根，抽枝散叶。

多少福建人，多少泉州人，都深深受惠于这条海上之路，这条祖先开辟、船过无痕的路，这条用生命、胆气、勇气、智慧开拓出来的路。

泉州港由盛转衰，往昔的繁华有如一梦。明清几次有限的开禁都是消极的权宜之计，声名赫赫的郑和下西洋，实质上和过去的开放通商、自由贸易大异其旨，只是朝贡性质的航海行为，那显赫的船队和隆重的仪仗、典礼，都不过是讨皇上一个人的欢心罢了，和沿海老百姓的生活都没有什么关系。民间一直流传着一个说法：郑和下西洋，其实是带着到海外搜寻建文帝的秘密使命。这也许是普通民众不理解郑和为什么下西洋的影射。

泉州港黯然失色，中国对蓝色的海洋关上了大门。当西方已经进入政治、军事、商业合一的大航海时代，持续海禁和与大航海时代背道而驰的中国，不但失去了曾经的优势，而且退出了海洋竞争。其实不用等到甲午海战，不用等到北洋水师的覆灭，我们早就输了，而且是不战而败，因为我们在一场不能不面对的竞争中，竟然——退出了。一直都说近代中国积贫积弱，"积"者，渐变而成也，闭关锁国，就是历史上那个不幸的转折，海禁开始，就是"贫""弱"的开始，越贫弱，越排外，越自我禁锢。可悲的是，这个开始键，是由我们自己按下的。

马可·波罗起航处，如今只见碑铭，不见一艘船，更没有万商如云、货物如山，此时仅见海水滔滔，海风掠过，只添几许荒凉。泉州港的没落，是多么彻底，以至于"Zaitun"在西方已经成了未知之地，就连它究竟在中国何处都争论不休，直到20世纪才由日本学者桑原骘藏重新考证出来。1926年，中外学者组团来到泉州考古调查，惊叹不已，泉州在世界学术界重见天日。1991年，联合国教科文组织派出的海上丝绸之路考察队来到泉州，认定泉州是海上丝绸之路的起点，由此也认定中国是世界海洋文化的发祥地之一。这些认可，在一个泉州人听来，竟如同晚年驻锡泉州开元寺的弘一法师的著名遗言一样：悲欣交集。

当年，泉州城、刺桐港，并不需要任何认定。她的美丽、富庶、繁华、自由，她的华洋共处、文化交融、各得其所的宏大气魄，足以证明她自己。外国人居住泉州，保持着各自的生活习惯和宗教习惯，也影响了泉州的文化氛围和人文性格。在泉州城里，生活安逸富足，环境美丽舒适，人们各信其信，各行其道，这是一座开放之城、自由之城、光明之城、梦幻之城。

泉州的人文性格是深受海洋文明影响的。相比于占据中国主流的黄土文化的安土重迁，追求安定，以农为本，重义轻利，重儒轻商，海洋文化是蓝色的：敢于冒险，积极进取，乐观勇敢，勇于拼搏，重儒亦重商，有良好的商业头脑和讲信义的经商传统。

万历《泉州府志·风俗》中云："濒海之民，多以鱼盐为业，而射嬴牟息，转贾四方……出没于雾涛风浪中，习而安之，不惧也。"这就是海洋性格和海洋文明带来的生活方式。

海洋是美丽的，无边无际的，海洋性格是心胸开阔的，自由奔放的，积极进取的，敢为人先的。大海无言，有如忍耐；大海依旧蔚蓝，正如希望永恒。"海上丝绸之路"这个词字字千钧，不是轻易可以重提的：祖先注视着我们，明天注视着今天。

原载《人民文学》2015年第7期